CW00556629

© 2021 Giulio Einaudi editore s.p.a., Torino

www.einaudi.it

ISBN 978-88-06-25212-0

Domenico Starnone

Vita mortale e immortale della bambina di Milano

Einaudi

Ad Alberto Cozzella,
Pierangelo Guerriero,
Giovanni Polara,
compagni di scuola,
amici,
in ordine alfabetico.

Vita mortale e immortale
della bambina di Milano

Tra gli otto e i nove anni mi proposi di trovare la fossa dei morti. Avevo appena imparato, nell'italiano della scuola, la favola di Orfeo che era andato a riprendersi la fidanzata Euridice, finita sottoterra a causa del morso di una serpe. Progettavo di fare lo stesso con una bambina che disgraziatamente mia fidanzata non era, ma che avrebbe potuto diventarlo se fossi riuscito a riportarla da sotto a sopra la terra, incantando scarafaggi, moffette, topi e toporagni. Il trucco era non girarsi mai a guardarla, cosa per me difficile ancor più che per Orfeo, col quale sentivo di avere parecchie affinità. Ero poeta anch'io, ma in segreto, e componevo versi di grande sofferenza se mi capitava di non vedere, almeno una volta al giorno, la bambina; che però era facile da vedere, considerato che abitava nel palazzo proprio di fronte al mio, un edificio nuovissimo di un bel celeste.

La cosa era cominciata in marzo, una domenica. Le mie finestre si trovavano al terzo piano, la bambina aveva un grande balcone con parapetto di pietra al secondo. Io ero infelice per costituzione, la bambina sicuramente no. Da me non batteva mai il sole, dalla bambina, mi pareva, sempre. Sul suo balcone c'erano molti fiori colorati,

sul mio davanzale niente, al massimo lo straccio
grigio che mia nonna appendeva al ferro filato
dopo aver lavato il pavimento. Quella domenica
cominciai a guardare il balcone, i fiori e la felicità
della bambina, che aveva capelli nerissimi come
Lilít, la moglie indiana di Tex Willer, un caubboi
dei fumetti che piaceva a mio zio e anche a me.

Lei giocava a fare – mi sembrò – la ballerina di
cariglión, saltellando a braccia tese e dandosi ogni
tanto a una piroetta. Dall'interno di casa sua la
mamma le gridava raccomandazioni garbate, tipo
non sudare o, che so, vacci piano con le piroette,
se no finisci contro i vetri della portafinestra e ti
fai male. Lei rispondeva gentile: no mammina,
sono brava, non ti preoccupare. Madre e figlia si
parlavano come nei libri o alla radio, causandomi
una specie di languore non per il senso delle parole, che da tempo ho dimenticato, ma per il loro
suono incantatore, cosí diverso da quello di casa
mia, dove si parlava soltanto dialetto.

Passai la mattinata alla finestra, morendo dalla voglia di buttar via me stesso e migrare tutto
rifatto, bello, pulito, con dolci parole poetiche di
sillabario, sul balcone là di sotto, dentro quelle
voci e colori, e vivere per sempre con la bambina,
e ogni tanto chiederle compíto: per favore, posso
toccarti le trecce.

Senonché successe, a un certo punto, che lei si
accorse di me e io subito per la vergogna mi ri-
trassi. La cosa non dovette piacerle. Smise il bal-
letto, diede un'occhiata alla mia finestra, poi riprese a danzare con piú energia. E poiché io mi

guardai bene dal tornare visibile, fece una cosa che mi lasciò senza fiato. Si tirò con una certa fatica sul parapetto, si mise in piedi e riprese a fare la ballerina muovendosi lungo la striscia stretta del davanzale.

Quant'era bella la sua figurina contro i vetri luccicanti di sole, a braccia levate, audace nei saltelli, cosí esposta alla morte. Mi sporsi perché mi vedesse bene, pronto a gettarmi anch'io nel vuoto, se lei fosse caduta.

2.

Poiché il maestro Benagosti aveva detto a mia madre, solo l'anno prima, che ero destinato a grandi cose, mi sembrava che trovare la fossa dei morti e sollevarne il coperchio per scendere di sotto fosse un'impresa che potevo agevolmente permettermi. Gran parte delle informazioni che avevo su quella fossa pericolosa mi derivavano dalla nonna materna, la quale sapeva parecchie cose sull'oltretomba grazie a conoscenti, amici, consanguinei, tutti deceduti di recente per colpa delle bombe e delle battaglie di terra e di mare – senza contare che dialogava da sempre con suo marito, spazzato via dal mondo due anni dopo che s'erano sposati.

Con mia nonna c'era di buono che non mi sentivo mai in soggezione, innanzitutto perché mi voleva bene piú che ai suoi figli – mia madre e mio zio –, e poi perché in casa non aveva nessuna autorità, la trattavamo tutti come una serva stupida che doveva solo obbedire e faticare. Perciò le facevo senza timidezze mille domande su ogni cosa che mi passava per la testa. Dovevo essere cosí assillante che certe volte mi chiamava petrusinognemenèst, intendendo che ero come il prezzemolo, il prezzemolo fatto a pezzetti, quello verde scuro come le mosche d'estate, quando c'è sempre il rischio che, svolazzando tra i vapori, si bagnino le ali e finiscano nella pentola della minestra. Vatténn, diceva, chebbuóamé, petrusinognemenèst, sciò, sciò, sciò. Faceva il tono e il gesto del fastidio, ma rideva, ridevo anch'io, e in qualche caso la solleticavo ai fianchi, tanto che lei gridava: basta ca me fai piscià sotto, tenevuoí, vafammóccammàmmeta. Figuriamoci però se la lasciavo in pace. Ero quasi muto, allora, sempre per i fatti miei, buio dentro e fuori, a casa come a scuola. Parlavo senza freni solo con lei, che era dello stesso mio mutismo con chiunque: le parole se le teneva nel cervello, le usava al massimo con me.

La storia della fossa aveva cominciato a raccontarmela l'anno prima, sotto Natale, un giorno che mi sentivo triste e le avevo chiesto: commesefàammurí. Lei, che stava spennando la gallina appena uccisa con un gesto brusco e una smorfia disgustata, mi aveva risposto distrattamente: temiéttestisentèrrennúnrispíricchiú. Avevo chiesto: chiú? Aveva detto: chiú. Ma poi s'era preoccupata – credo perché aveva visto che mi ero steso veramente sul pavimento gelato, col rischio non di smettere di respirare, ma di prendermi il catarro

bronchiale – e m'aveva chiamato – vienaccàbello-
ranònna – accanto a lei e alla gallina morta mezza
immersa nell'acqua bollente. Che c'è, che succede, chi t'ha fatto dispiacere. Nisciuno. E allora
perché vuomurí. Le avevo risposto che non volevo
morire, volevo solo starmene un poco morto e poi
alzarmi. Lei mi aveva spiegato che non si poteva
stare morti solo un poco, a meno che non si fosse
Gesú, risorto dopo tre giorni. La cosa migliore,
mi aveva suggerito, era che restassi vivo sempre,
senza distrarmi e finire per sbaglio sottoterra. Fu
allora che, allo scopo di farmi capire che sottoterra non si stava bene, mi parlò per la prima volta
della fossa dei morti.

La fossa, cominciò, ha un coperchio. Chistu
cupiérchio – mi ricordo ancora oggi tutte le sue
parole, una per una – è di marmo, e ha la serra-
tura, la catena e il catenaccio, perché se uno non
lo chiude come si deve, gli scheletri con ancora
un po' di carne addosso s'affollano tutti quanti
per uscire, insieme alle zoccole che gli corrono
sopra e sotto alle lenzuola gialle di sudore per il
recente sparpetuo. Una volta sollevato il coperchio, bisogna subito chiudersi in testa e scendere per una scala che non porta a un corridoio,
a una camera ammobiliata o a un salone con lam-
padari di cristallo e cavalieri e dame e damigelle,
ma a nuvole di terra e fulmini e saette e secchiate
d'acqua puzzolente di carogna e 'nu viento – 'nu
viento, guaglió – che è accussí forte ca raspa le
muntagne e fa in cielo e in terra una farinata di
polvere gialla come il tufo. Ai gemiti di vento e

al truonare dei continui temporali, mi raccontava, bisogna aggiungere un martellío e scalpellío di
morti coi sudari laceri, tutti màscoli, sorvegliati
da angeli e angiole con gli occhi rossi e la veste
viola, i lunghissimi capelli che schioccano al vento e ali come questa gallina, ma con penne color
panzadicorvo, chiuse dietro la schiena o spiegate
secondo la bisogna. Lavorano, i morti, a ridurre
enormi blocchi di marmo e di granito in pietrame
che si allunga fino al mare tutto cavalloni altissi-
mi di mota e con creste di schiuma marcia, come
quella che fanno le arance quando le spremi ma
sono piene di vermi. Ahmaronnamía, quanti sono, i morti-maschi, tantissimi. Senza parlare delle morte-femmine, che stanno sempre in grande
preoccupazione. Perché intorno trema ogni cosa
per il vento forte – le montagne, il cielo con le
nuvole di terra, l'acqua di fogna che piovendo
obliqua si raccoglie nel mare sempre in tempesta – e di continuo qualcosa si crepa nel paesaggio, e anzi certe volte è proprio il paesaggio che
si squarcia, e le nuvole vengono giú a pezzi e pure i cavalloni. Allora le morte-femmine, serrate
nelle loro lenzuola dell'agonia, devono correre a
cucire in fretta con ago e filo, o con macchine
da cucire assai moderne, listelle di camoscio per
rimettere insieme montagne, cielo e mare, mentre gli angeli fanno gli occhi ancora piú rossi per
la rabbia gridando: che state facènn, a che cazzo
pensate, strunz, zoccole, faticàte.
    Ero sopraffatto da quell'accavallarsi di svolaz-
zi e terremoti e maremoti, e sul momento stavo a

sentire a bocca aperta. Poi mi rendevo conto che qua e là c'erano delle incongruenze. I resoconti di mia nonna non brillavano per precisione e bisognava mettere un po' d'ordine, perché lei aveva fatto solo la seconda elementare mentre io stavo ormai in terza ed ero piú bravo. Perciò le imponevo di tornare per maggiore chiarezza sull'argomento e qualche volta le strappavo solo mezza frase, qualche volta racconti distesi e continuati. Poi le informazioni me le aggiustavo nella testa saldandole l'una all'altra con fantasie mie.

Ma restavo comunque pieno di dubbi. Dov'era il coperchio di marmo, nell'aiuola del cortile o fuori, uscendo a destra o uscendo a sinistra? Sollevavi il coperchio – va bene –, scendevi chissà quanti gradini, e a sorpresa, nel sottosuolo, trovavi tutta una veduta ampia, con cielo, acqua, vento, fulmini e saette; ma c'era là sotto la luce elettrica, c'era un interruttore? e se uno aveva bisogno di qualcosa, a chi si poteva rivolgere? Quando tallonavo mia nonna per avere sempre nuove informazioni, lei spesso pareva essersi dimenticata di tutto quello che mi aveva raccontato e dovevo essere io a ricordarglielo punto per punto. Una volta, a integrazione, mi parlò minutamente degli angeli con le penne nere che, secondo lei, erano mala gente e passavano il tempo a svolazzare nei vortici di polvere, insultando lavoratori e lavoratrici che scalpellavano e cucivano. Chi fatica, guaglió, non è mai cattivo – mi istruí –; è chi non fatica e s'ingrassa con la fatica degli altri che è nupiezzemmèrd; ah quanti piezzemmèrd ci stanno, ca si credono di scennere dalle coglie di Abramo e vogliono solo cumannà: fa' questo, fa' quello, subito. Suo marito, il nonno – che s'era fermato nel tempo a ventidue anni, due meno di lei, e là era rimasto per sempre: io ero l'unico bambino al mondo che aveva un nonno poco piú che ventenne, grandi baffi nerissimi, capelli pure neri, di mestiere fravecatóre –, non era uno che aleggiava sopra le impalcature dei palazzi per divertimento, o che ciondolava senza voglia di fabbricare. Suo marito aveva imparato l'arte indispensabile del fabbricare già a partire dall'età di otto anni ed era stato un muratore assai bravo. E un pomeriggio era caduto di sotto non per incompetenza ma per stanchezza, colpa degli sfaticati che lo facevano lavorare troppo. Si era sfracellato tutto, specialmente la bellissima faccia che assomigliava alla mia, e gli era uscito molto sangue dal naso e dalla bocca. Anche lui – mi aveva confidato in un'altra occasione – le faceva il solletico, glielo aveva fatto fino al giorno prima che morisse e se ne andasse a faticare per sempre nella fossa dei morti, lasciandola sola di qua, con due figli, una di due anni e uno che doveva nascere, senza un centesimo, a fare la persona che non conosceva mai un poco di pace e di tranquillità. Ma vien'accà, scazzamaurié, vieni vicino a nonna tua che ti vuole bene.

Mi chiamava spesso a quel modo: scazzamauriéll. Per lei ero come un diavolo fastidioso e benevolo, cacacazzo e figlientrocchia, che scacciava i bruttissimi sogni della notte e anche quelli al-

trettanto brutti dei brutti giorni. Gli scazzamaurielli, secondo lei, abitavano nella fossa dei morti,
correvano e saltavano per il petraio strillando e
ridendo e malmenandosi reciprocamente. Di piccola statura, ma robusti, raccoglievano le rascatu-
re del marmo e le schegge taglienti di granito in
grandi ceste. Le sceglievano con cura tra quelle
piatte e affilate, infuocandole solo col tocco delle
dita grosse, e le jettavano alle fantasime e ai fantasmi sfiatati dai cadaveri, fumo e cenere di vecchi
cattivi sentimenti che non volevano rassegnarsi
a incenerire del tutto. A volte – aveva sussurrato
di recente, un pomeriggio che era molto malin-
conica – gli scazzamaurielli riuscivano a passare
sotto il coperchio della fossa, facendosi piccoli e
sottili, e andavano in giro per Napoli, dentro le
case dei viventi. Cacciavano via gli spettri piú
aggressivi mettendo allegria. Cacciavano via anche i fantasmi di mia nonna, specie quelli che la
spaventavano senza nessun rispetto, senza tener
conto che era stanca, e la vita era passata a cucire
migliaia di guanti di camoscio per le dame, e adesso era la serva di noi tutti, figlia, genero e nipoti,
e l'unico che lei serviva e avrebbe sempre servito
e riverito con grandissima gioia ero io.

3.

Devo dire, però, che piú che folletto scamaz-
zaincubi, preferivo essere un poeta incantatore che
sottrae le fidanzate alla fossa dei morti. Senonché

sul momento non ce ne fu bisogno. La piccola ballerina in equilibrio sul davanzale, invece di cadere sfracellandosi di sotto come era successo a mio
nonno, fece un salto elegante, atterrò nel balcone
e sparí oltre i vetri della portafinestra mandando-
mi il cuore non in gola ma negli occhi ammaliati.

Cominciai, ad ogni modo, a preoccuparmi per
lei. Avevo paura che se non era precipitata adesso, le sarebbe capitato in seguito, quindi il tempo
per fare conoscenza stringeva. Cosí, aspettai che
riapparisse sul balcone e quando successe alzai la
mano per un saluto, ma lo feci appena appena,
senza energia, per non sentirmi umiliato se non
mi rispondeva.

Infatti non mi rispose né oggi né domani né dopodomani, o perché era obiettivamente difficile
accorgersi del mio cenno o perché non mi voleva dare soddisfazione. Di conseguenza mi venne
l'idea di sorvegliare il portone del suo palazzo.
Speravo che la bambina uscisse da sola e volevo
cogliere l'occasione per farci amicizia, parlare del
piú e del meno in bell'italiano, poi dirle: lo sai
che se cadi giú, muori?, mio nonno è morto cosí.
Mi pareva necessario darle quell'informazione, in
modo che potesse decidere in tutta consapevolez-
za se esporsi al pericolo oppure no.

Per giorni e giorni dedicai a quello scopo il paio
d'ore che, dopo la scuola e dopo pranzo, prima di
fare i compiti, trascorrevo per strada a giocare, a
fare a botte con bambini ben piú selvatici di me,
a impegnarmi in cose pericolose come le capriole
tenendomi a certe sbarre di ferro. Ma lei non com-

parve mai, né sola, né con i genitori. Evidentemente aveva altri orari, oppure non ebbi fortuna.

Comunque non mi arresi, ero molto agitato in quel periodo. Avevo in testa parecchie parole e parecchie fantasie, e le une e le altre riguardavano la bambina. Non c'era una coerenza, i bambini secondo me non ce l'hanno, è una malattia che contraiamo crescendo. Volevo – mi ricordo – molte cose insieme. Volevo, per un colpo di fortuna, trovare il suo appartamento, al secondo piano, suonare e dire al padre o alla madre – meglio alla madre, i padri tuttora mi spaventano –, nella lingua dei libri che leggevo grazie al maestro Benagosti che me li prestava: la vostra amata figliuola, cara signora, balla meravigliosamente sul parapetto del balcone, ed è cosí bella che non riesco a dormire la notte al pensiero che muoia sul marciapiede cacciando sangue dal naso e dalla bocca come mio nonno muratore. Volevo, però, anche starmene alla finestra ad aspettare che la bambina tornasse a giocare sul balcone per mostrarle che io pure sapevo correre pericoli di morte muovendomi dalla finestra del cesso a quella della cucina, passo dietro passo senza mai guardare di sotto: un'impresa che avevo già compiuto due volte – visto che era facile, le finestrelle avevano il davanzale in comune – e se lei mi faceva un cenno di consenso, l'avrei ripetuta volentieri per la terza. Volevo infine, se mai fossi riuscito a parlarle, farle sapere – una parola tira l'altra – che mi ero innamorato della sua bella anima e che il mio amore sarebbe stato eterno e che, se proprio ci teneva a ballare sul davanzale e cadere

giú, poi avrebbe potuto sicuramente contare su di
me, sarei andato di persona a riprenderla nell'oltretomba, senza mai fare la sciocchezza di girarmi
a guardarla. Diventare una spia, morire per mostrarmi audace, tirarla fuori dalla terra dei morti,
non erano in contraddizione nella mia testa, anzi
mi parevano momenti diversi di una stessa vicen-
da dove io facevo, in un modo o nell'altro, sempre
un'ottima figura.

Intanto non solo non mi riuscí di contattare la
bambina, ma un lungo periodo di piogge mi im-
pedí anche di ammirarla mentre giocava sul balcone. Mi dedicai allora alla ricerca della fossa dei
morti tra una spiovuta e l'altra, allo scopo di non
farmi cogliere impreparato da tragici eventi. Già
subito dopo che mia nonna me ne aveva parlato,
avevo fatto qualche tentativo, ma senza perder-
ci troppo tempo. Grazie ai libri del maestro Benagosti, ai fumetti che mi comprava mia madre
e ai film che vedevo al cinema Stadio, avevo un
mucchio di ruoli da ricoprire – il caubboi, il senza
famiglia, il mozzo, il naufrago, il cacciatore, l'e-
sploratore, il cavaliere errante, Ettore, Ulisse, il
tribuno della plebe, tanto per dirne qualcuno – e
quindi cercare l'ingresso nella terra dei morti era
stata un'attività secondaria. Ma con l'irruzione
della bambina nella mia vita avventurosa, mi im-
pegnai di piú e fui fortunato.

Un pomeriggio che – come diceva nervosa mia
nonna – mo chiuvéva, mo schiuvéva, mo schizzi-
chiàva soltanto, e perciò non potevo allontanarmi
molto da casa ma solo girellare con un amico per

il cortile tutto nuvole nelle pozze d'acqua, scoprii in terra, oltre la grande aiuola con le palme, una pietra rettangolare che, se mi ci sdraiavo sopra, era parecchio piú lunga di me e aveva un grosso catenaccio brillante di pioggia. La vidi, sussultai e mi gelai oltre che di freddo umido, anche di paura.

– Che succede? – chiese allarmato l'amico che si chiamava Lello, abitava nella scala B e mi piaceva perché, se non c'erano altri amici presenti, parlava in un italiano che si avvicinava un poco a quello stampato.

– Zitto.

– Perché.

– Ti sentono i morti.

– Che morti?

– Tutti.

– Ma va'.

– Ma sí, stanno qua sotto. Questa è la pietra che, se togliamo il catenaccio e la solleviamo, escono i fantasmi.

– Non ci credo.

– Tocca il catenaccio e vedrai quello che succede.

– Non succede niente.

– Tu tocca.

Lello si avvicinò, io mi tenni a distanza. Si inginocchiò, toccò cautamente il catenaccio e ci fu subito un fulmine, mai visto prima tanto accecante, al quale seguí un tuono furibondo. Scappai, lui mi corse dietro grigio di paura.

– Visto? – dissi senza fiato.

– Sí.

– Tu ci verresti con me, là sotto?

– No.

– E che amico sei?

– C'è il catenaccio.

– Lo rompiamo.

– Non si rompono, i catenacci.

– Dici cosí perché ti cachi sotto. Se non vuoi venire, mi faccio accompagnare da un'amica mia che non si mette paura di niente.

A queste ultime parole seguí una cosa che mi strabiliò. Lello sorrise con malizia e chiese:

– La milanese?

Scoprii in quella circostanza che la bambina dei miei pensieri e sospiri si chiamava a quel modo oscuro – la milanese – e aveva attirato, oltre alla mia attenzione, anche quella di molti altri compagni. Non solo. Era di dominio pubblico che, quando c'era il sole, la guardavo scimunito dalla finestra o passavo molto tempo sotto il suo portone. Vero?

Mi chiusi nel mio solito mutismo, ma prima gli dissi: vafanculostrunznunmeromperocàzz, che era la formula necessaria quando nessuno pareva adatto a capire quale persona speciale fossi e che grandi cose avrei fatto.

4.

Solo mia nonna l'aveva chiaro, fin dalla mia nascita. Non appena ero uscito dalla pancia di sua figlia, lei si era convinta che la vita aveva riacquistato un senso e – incredibile, oggi, non solo a dirsi ma a immaginarsi – questo senso inatteso ero ai suoi occhi io, in tutta la mia persona, comprese le lacrime, la bava, le puzze e la merda che la costringevano a lavare di continuo bavaglietti, fasce e pannolini.

Quando nacqui aveva quarantacinque anni, e cinquantatre-cinquantaquattro all'epoca dei fatti che sto raccontando. Da decenni non si aspettava dalla vita nemmeno piú una caramella d'orzo, ma da me passò subito a estrarre dolcezze di tutti i tipi. Ogni mia manifestazione la entusiasmava e non perché migliorasse la sua esistenza, che era uno zero spaccato, ma perché, se solo battevo le ciglia o dicevo ah, quel battito e quella interiezione provavano, secondo lei, che ero il migliore degli organismi viventi comparsi nei millenni sul pianeta. Subito, appena nato – qualche volta rievocava commossa –, ero stato 'nu cusariello di libastro vivo, un sorsetto di giulebbe di ciliegia, 'nu franfellík a base di zucchero, vaniglia e cannella che se pure pisciava, pisciava acqua santa, come quella che avevo schizzato in faccia a mio zio quando lui, per festeggiare che in nove mesi sua sorella aveva fatto di un niente un qualcosa tutt'alliffàto che era venuto alla luce da chissà quale tenebra, mi stava vasannopiscetiéll. E mo guarda comm'ero addivintato, nunmevulevostafermonupoco, fatti pettinare.

Ci metteva una cura insopportabile, ogni mattina, a lavarmi il collo, le orecchie, a farmi la riga perfetta e fissarmi con il sapone i capelli che non si tenevano, per far vedere alla scuola e al mondo quant'ero bellíll. Si occupava della mia persona piú che di quella di tutti gli altri miei fratelli, pareva che cucinasse solo per me, era palesemente ingiusta quando faceva le porzioni e metteva nel mio piatto i pezzi di carne migliori. Inoltre, ogni volta che rompevo qualcosa a cui mio padre teneva, diceva subito che era stata lei. I dialoghi col genero erano di questo tipo, con rabbie trattenute:

– So' stat'io.
– Suocera, vuie rumpíte troppe cose.
– Tengo le mani di pastafrolla.
– Stàteve chiú accorta, per piacere.
– Sí, scusate tanto.

Non avevano buoni rapporti e meno si parlavano, meglio era. Mia nonna doveva occuparsi della casa e tenere a bada noi bambini in modo che non facessimo bordello, ma poiché il bordello noi lo facevamo, mio padre si infastidiva e la rimproverava. I rimproveri la innervosivano, diventava cupa, bisbigliava male parole contro il genero, contro la figlia e contro i miei fratelli. Ma non contro di me, mi lasciava fare tutto, anche uscire di casa quando mi pareva. Addò vai, franfellík? Abbàsce. Abbasciaddò? Cà sotto. Tuornambrèss. Sí, e scappavo via.

Ho passato non so quanto tempo in cortile, quella primavera, a capire cosa potevo fare per rompere il catenaccio e sollevare il coperchio di pietra sotto il quale, secondo me, c'era la fossa dei morti. Era una lastra fredda, qua e là ci spuntava qualche fiorellino viola, a volte compariva uno scarrafone. In genere, se uno attraversava il cortile distrattamente, non percepiva altri rumori che quelli della piazza. Ma se si stazionava anche solo cinque minuti accanto a quella pietra, come facevo io, all'improvviso da chissà quali profondità filtrava un brontolio e poi un sibilo lungo e poi dei sospiri che mi terrorizzavano. Però resistevo. Ero cosí incantato da quante possibilità di avventure si offrivano agli audaci – e io audace volevo essere a tutti i costi, perché spesso mi sentivo troppo cacasotto e intendevo correggermi – che a un certo punto, allo scopo di segare il catenaccio, arrivai persino a portare giú il seghetto per il ferro che mio padre non voleva assolutamente che usassimo, potevamo troncarci le dita.

Mi accanii un intero pomeriggio senza grandi risultati. Segavo segavo, ma il catenaccio nemmeno si scalfiva e l'unico effetto era che lo sfregare ferro con ferro innervosiva i morti o gli angeli o gli scazzamauriéll, e mi investiva tutto un soffiare gelido, un sibilare, che mi spaventava rallentando il lavoro.

L'errore fu che mi attardai troppo. Mio padre tornò dalla fatica, attraversò il cortile senza vedermi, sparí per le scale. Mi trovai cosí nell'impossibilità di rimettere a posto il seghetto senza che lui se ne accorgesse e perciò decisi di nasconderlo nell'aiuola. Fu un'ottima soluzione, il giorno dopo ripresi a lavorare al catenaccio senza sotterfugi. Ma a un certo punto successe che ci fu un tale urto di non so che cosa, lí sotto, nella fossa dei morti – un angelo forse aveva afferrato un morto lavoratore proprio a un passo dal coperchio e quindi dal ritorno tra i vivi – che un po' per lo spavento, un po' per lo sfinimento di segare senza risultato, filai a casa senza curarmi di nascondere il seghetto.

Qualche tempo dopo mio padre tornò dal lavoro arrabbiato come non mai e brandendo il seghetto. Glielo aveva dato il portiere chiedendogli: questo per caso è vostro? Per caso sí, era suo, e ora voleva sapere da tutti i suoi figli chi l'aveva preso e l'aveva lasciato in cortile. A me in un attimo vennero le lacrime agli occhi – ah quanto detestavo le lacrime, mi venivano soprattutto se mio padre si arrabbiava – ed ero già sul punto di autodenunciarmi tra i singhiozzi, quando intervenne mia nonna:

– Laggepigliatío.

– Voi, suocera?

– Sí.

– E per che cazzo l'avite pigliàto?

– Accussí, mi serviva.

– E ve lo siete scordato all'aperto, facendolo arrugginire, che mo se mi ferisco mi viene il tetano?

– Sí.

– Non ve lo scurdate chiú.

Era cosí, al momento opportuno lei si immolava per me. E non posso dire che le fossi grato. Mi sembrava, allora, che tutta quella sua passione nei miei confronti fosse un normale tormento che le nonne infliggevano ai primi nipoti, e non mi veniva nemmeno in mente di dirle grazie, anzi spesso e volentieri, se avessi potuto strillare:

ora basta, sta' al posto tuo, non ti mettere sempre in mezzo, senza prendermi uno schiaffo da mia madre, che aveva da cucire partite interminabili di camicette e non voleva baruffe, l'avrei fatto. Devo ammettere che a quei tempi non mi ponevo per niente il problema di ricambiare tutto quell'affetto ora scorbutico ora appiccicoso – per esempio darle un bacio: mai dato baci a mia nonna, nessuno glieli dava – e anzi, sotto sotto, non mi pareva di volerle particolarmente bene. Oltre al fatto che, oggettivamente, come nonna non mi piaceva granché, altri bambini ne avevano di migliori.

A riprova un pomeriggio, sul balcone della milanese, comparve una signora vestita di blu, con i capelli turchini, la pelle rosea, ben eretta nella persona, un paio di fili di perle intorno al collo, che si intrattenne compostamente con la bambina finché il sole non diventò pallido. Poiché la piccola la chiamò spesso – nonna, nonna – per ottenere sulle sue piroette il massimo dell'attenzione, io pensai: quella sí che è una nonna, e mi augurai che non vedesse mai la mia, secondo me troppo piccola di statura, grassoccia e gobba, bruttarella nel viso rosso e con venuzze violacee sulle guance, i capelli grigi arrotolati sulla nuca e fissati con forcine, pochi denti, il naso come la papaccella, gli occhi un po' persi sia che cucinasse in piedi accanto ai fornelli e al lavandino, sia che se ne stesse arrugnata su una sedia sferruzzando.

Senonché successe che, mentre guardavo la bambina e sua nonna, la mia mi comparve alle spalle chiedendo: che guardi. Io risposi: niente, di getto, ma la milanese, proprio in quel momento, tirò la nonna per la veste e mi indicò con l'indice cosí teso che mi parve volesse colmare la distanza e ficcarmelo in un occhio.

– Niente, eh? – disse mia nonna.

– Niente.

– Saluta, buciardo.

– No.

– Saluta, scazzamauriéll, saluta, franfellík.

– No.

– Allora saluto io.

Che guaio, ancora si voleva per forza immischiare in quelle cose che erano cose mie intime col rischio di farmi fare brutta figura? Mi disturbava che la si notasse, non volevo che la milanese scoprisse la nonna meschina che avevo e la confrontasse con la sua tutta eleganza e belle parole. Salutai subito con la mano per concentrare l'attenzione su di me, ma mia nonna mi spinse un po' di lato e salutò a sua volta, dicendo persino a fior di labbra: buongiorno, anche se stava facendo sera. Compostamente la bambina e sua nonna risposero al saluto, e allora mi tirai via in fretta furibondo e scappai nel cesso, l'unico posto dove si poteva stare un po' in pace. Mia nonna non so, forse restò alla finestra, seguitando a scambiare saluti e casomai sussurrando parole che tuttavia, a quella distanza, non si potevano sentire.

5.

Per un bel po' non la perdonai. Era una donna timida, tutt'altro che socievole. Se un estraneo le rivolgeva la parola, diventava rossa fino alla radice dei capelli e anche oltre. Perché allora l'aveva fatto? Oggi so che si sbilanciò a quel modo solo perché chissà da quanto tempo mi aveva scoperto con la fronte contro i vetri della finestra, o affacciato al davanzale, esposto all'aria non sempre tiepida della primavera, sfessato da quelle lunghe inconcludenti occhiature rivolte alla bambina.

Aveva forzato la sua natura per amor mio. Amore, sí. Escludo che nell'arco lungo della mia vita qualcuno me ne abbia dato altrettanto, un amore che durò anche quando si cominciò a sospettare che sul mio conto il maestro Benagosti s'era sbagliato. A scuola, infatti, diventai – già in prima media – meno brillante, non capivo, divagavo, e anche nella vita d'ogni giorno mi mostrai sempre piú 'nzallanúto, colpito nel cervello dai raggi di Selene come se fossi già un vecchio. Ma mia nonna non cedette mai, e se mi vedeva intristito dalla mia stessa pochezza, senza voglia di parlare nemmeno con lei, cercava di farmi ridere, diceva: chiocchiò, paparacchiò, i miérgoli so' chiòchiari e tu no. Intendeva che non c'era confronto tra me e gli altri merli canterini che facevano sempre lo stesso stupido verso in ogni parte del vasto mondo: io cantavo in un modo cosí fuori dal comune che nessuno, tranne lei, se ne poteva accorgere.

E meno male, dunque, che persone del suo tipo
ogni tanto hanno di questi abbagli. È cosí conso-
lante sapere che c'è almeno un essere umano che
pensa di te, anche sbagliando: ah com'è preziosa
questa persona, voglio prendermene cura finché
muoio. Io, nel corso della mia esistenza, l'ho fatto tutte le volte che ho potuto, ma la prima volta
che l'ho fatto, sí, è stato con la milanese.

Lei – sentivo – era preziosa per me quanto io
lo ero per mia nonna. E anche il mio idoleggiarla
era gratuito allo stesso modo. Cosa ci aveva gua-
dagnato, mia nonna, a fare quel saluto? Niente.
Quando mi resi conto dello sforzo che aveva fatto, violando la sua natura timida, non dico che la
perdonai, ma dimenticai il suo torto e desiderai
voler bene alla bambina con la stessa assolutez-
za con cui la madre di mia madre voleva bene a
me, anzi di piú.

Lei del resto, nei giorni seguenti, provò a cor-
reggersi. Sicura di avermi fatto dispiacere, si ado-
però per la mia felicità con maggiore discrezione.
Ad esempio succedeva che, persino quando stavo
cercando di risolvere qualche complicato problema
di aritmetica al tavolo di cucina, lei mi toccasse
una spalla piano e quasi sussurrasse: 'a signurina
sta pazziànn sul balcone, 'a vuo' vedé? Io mol-
lavo subito il problema e correvo alla finestra a
guardare, mentre mia nonna sfaccendava fingen-
do di ignorarmi.

A volte la milanese giocava con le bambole, a
volte si esibiva come ballerina, a volte saltava la
corda nello spazio vuoto tra cassette gialline di le-

gno grezzo e arnesi per le pulizie domestiche. Se
solo levava lo sguardo verso di me, io la salutavo
con la mano. Non sempre – devo dire – rispondeva, forse dipendeva dall'impegno che metteva
nei giochi, ricambiava il saluto solo se si annoia-
va. Chissà – pensai una domenica mattina in cui
mi sentivo particolarmente trascurato – se anche
mia nonna, col suo promesso sposo, è stata on-
divaga allo stesso modo. E mi decisi a chiederle
com'era successo che avesse sentito l'amore nel
petto e dappertutto.

Mi sembrò che non me lo volesse dire o che
addirittura non lo sapesse. Possedeva una sola
foto di lei col marito, e la custodiva cosí gelosamente che perfino a me l'aveva fatta vedere
un'unica volta e tanto di fretta che non mi ricordavo niente, due ombre sul marrone, potevano
essere chiunque. Di fronte a quella mia domanda intima, buttò lí arrossendo che, quando si
erano visti la prima volta, avevano avuto tutt'e
due l'impressione di tenere una lummèra accesa
dentro al cuore, ed era stato una specie di trion-
fo dell'illuminazione a olio o a gas, i loro corpi si
erano alluciati, allustrati all'improvviso, com'e-
ra stato bello. Solo a causa delle mie insistenze
aggiunse che lui aveva occhi luccicanti – adesso
disgraziatamente l'unica luce che luccicava era
quella davanti al loculo, al cimitero, che lei pagava fior di quattrini, perché in questo mondo,
guaglió, si vende persino la luce che illumina la
tenebra dei morti –, occhi che alla bisogna di-
ventavano freddi ghiacciati, specie se qualcuno

si azzardava a fargli uno sgarbo. Tanto per dirne una, ogni domenica, dopo sposati, uscivano a fare quattro passi per il Rettifilo e se 'nu strunz anche solo la guardava, il nonno si preparava subito a usare il bastone da passeggio, dentro cui teneva una lama fiammeggiante. Quel bastone con la spada fu per me una grande novità. Le feci altre domande e venne fuori un dialogo il cui finale, nei contenuti, suonò grosso modo cosí:

– Faceva i duelli?
– Questo no.
– Ma ha ammazzato qualcuno?
– Non ce n'è stato bisogno.
– Era bello quando combatteva?
– Era bellissimo sempre.
– Mi assomigliava?
– Sí, ma tu sei piú bello.
– Te lo sposeresti un'altra volta, anche sapendo che poi cade giú e muore?

Non fu contenta di quell'ultima domanda, si immalinconí, non mi diede piú retta. Ma che potevo farci? In quel periodo l'unica persona che avevo sottomano, disposta a farsi interrogare su Amore e Morte e dare risposte competenti, era lei. Adesso, poi, c'era anche la questione della spada, sicché a maggior ragione amare e morire mi sembravano un binomio inevitabile e la sera, prima di cadere nel sonno, pensavo sempre a quel bastone che serviva sí a passeggiare, ma anche, all'improvviso, si rivelava fodero di un'arma con cui difendere l'amata dai mille pericoli che c'erano in cielo, in terra e sottoterra, un compito ma-

schile che sentivo fondamentale e di cui volevo
farmi devoto esecutore.

Seguitavo, infatti, a essere in ansia per la milanese. Le facevo saluti sempre piú evidenti dalla finestra e, soprattutto quando danzava, cenni
agitati di approvazione. La cosa che temevo di
piú era che si sentisse trascurata e, per ricevere-
re piú attenzione, salisse di nuovo sul davanzale,
cosa che non volevo in nessun modo e che tuttavia
– confesso – auspicavo. La sua probabile morte
mi era insopportabile, eppure mi tentava la prospettiva di violare la fossa dei morti e andarmela
a riprendere. O, in caso di fallimento, piangere
per tutta la vita – in versi e in prosa – la sua figurina di luce e profumi primaverili. Pensavo a me
stesso, impegnato in quella fatica che mi avrebbe
reso poeta senza confronti, e mi commuovevo.

6.

Una volta mia nonna arrivò persino a dirmi,
rientrando da non so quali faccende snervanti: 'a
signurina sta jucànn'a campana proprio cà sotto.
Io nemmeno ringraziai, erano cortesie dovute,
lei stessa non avrebbe saputo evitare di farmele.
Lasciai perdere i compiti e senza un giacchettino,
mentre mia madre gridava: addovàie, mi chiusi
alle spalle la porta di casa.

Le cinque rampe di scale le feci con la sciuliarèlla, vale a dire scivolando a cavalcioni sul bel legno
scuro di cui era fatto il corrimano. Facevo que-

sta sciuliarèlla quotidianamente e con una certa
abilità, non per fretta, solo per il piacere di fila-
re veloce, quasi sdraiato sul corrimano. Alla fin
fine era solo un'altra occasione per precipitare e
morire in fondo alla tromba delle scale, eventua-
lità che, se in genere non mi faceva né caldo né
freddo, figuriamoci ora che trepidante stavo andando a contemplare da vicino la bambina e mi
pareva che sfracellarmi di sotto sarebbe stata una
cosa che lei avrebbe saputo apprezzare.

Sopravvissi anche in quella circostanza, attra-
versai il cortile vuoto costeggiando la fossa dei
morti, irruppi nella piazza di corsa, e saettai sguardi affannati. Ma vidi i soliti compagni violenti
che facevano prodezze volteggiando sulle sbarre
di ferro delle biglietterie, vidi Lello che scorraz-
zava sulla sua bicicletta nuova, vidi tre o quattro
bambine che aspettavano ordinatamente il loro
turno alla fontanella per bere o lavarsi le mani;
lei no, per troppo vedere non la vidi.

Bloccai subito Lello e gli gridai come una mi-
naccia:

– Dov'è la milanese?

Rispose:

– Sei cecato?

Mi guardai intorno – una tumultuosa panora-
mica nel caos di pareti, pali della luce, grida in-
fantili, colori netti o sfumati, il bel tempo, l'ora
pomeridiana – e ancora non la vidi. La mia infanzia – temo – ha avuto molti punti di contatto
con la vecchiaia di oggi, quando succede che cer-
co qualcosa, che so, gli occhiali, e in un crescendo

di nervosismo non li trovo, e dico con un tono di
voce mediamente elevato: non si trova mai niente, in questa casa, e allora arriva mia moglie che,
sfinita dalla sorte che le è toccata, dice: questi,
secondo te, cosa sono? Strillai agitato:

– Sei cecato tu, io ci vedo benissimo.

– Sí?

Lello lasciò per terra la bicicletta, mi afferrò
per un braccio e, svillaneggiandomi, mi strattonò
con forza per trascinarmi verso una bambina che
giocava a campana con altre bambine proprio di
lato al portone. Feci resistenza, puntai i piedi per
terra, ma intanto guardai finalmente con un'attenzione non appannata dall'ansia di non vedere
e non trovare. Che brutti momenti, non mi fida-
vo di me, bastava uno sbaglio e stracciavo ogni
cosa del mondo.

– È o non è lei?

Dovetti ammettere, anche se cosí da vicino non
l'avevo mai vista, che si trattava proprio della
milanese.

– È lei.

– Allora?

– Chi se ne fotte, mica la stavo cercando.

– Buciardo. Sei arrivato di corsa gridando:
dov'è.

– Quando mai? Dicevo non la milanese, ma la
bicicletta.

– Dicevi la milanese.

– No, la bicicletta.

E per provarglielo agguantai la bici, la tirai su,
gli spiegai che dovevo fare i compiti e avevo poco

tempo ma, allo scopo di riposarmi dieci minuti, ero
venuto giú di corsa per fare il gioco del coraggio.

– Sicuro?

– Sí.

Lello si mostrò poco convinto. Aveva sentito
benissimo che cercavo la bambina e volle stanar-
mi evitando reticenze. Disse:

– Se sei venuto per la milanese, è inutile. Io e
lei ci siamo parlati già due volte e appena posso
le faccio la dichiarazione.

Sentii un tale colpo in petto che reagii senza
nessuna accortezza:

– Tu non le fai niente, strunz, l'ho vista prima
io e ci salutiamo da un mese.

– Noi siamo piú avanti, ci parliamo.

– E allora non le devi parlare piú.

– O se no?

– O se no prendo il bastone da passeggio di
mio nonno, che ha la spada dentro, e ti uccido.

Bel dialogo, mi sembrò, quasi come nei libri.
Senza contare che quell'accenno al bastone fece a
Lello un grandissimo effetto. Si dimenticò subito
della milanese e passò a chiedermi molte informazioni su come era fatto il bastone, che impugnatura
aveva, se la spada era lunga o corta, se luccicava o
fiammeggiava, soprattutto se glielo facevo vedere,
il bastone da passeggio di mio nonno, almeno da
lontano. Non glielo descrissi, non promisi niente:
come si sa, non solo non avevo mai visto il bastone ma nemmeno mio nonno. Lasciai solo intende-
re che si trattava di un grande spadaccino e che io
non ero da meno. Quindi tagliai corto:

– Ci sfidiamo?

– Va bene.

– In bicicletta ci vado prima io.

– No, io.

– Ho detto io.

Si trattava di una prova scervellata a cui ci sottoponevamo spesso. A turno uno faceva il ciclista, l'altro il pedone. Compito del ciclista era pedalare a tutta velocità in direzione dell'appiedato, il cui ruolo consisteva nell'aspettare il bolide a piè fermo schivandolo il piú tardi possibile con una mossa elegante. Se il pedone non si comportava cosí, ma si dava alla fuga, voleva dire che era vile.

Avevo un mio piano, naturalmente, imbastito in quattro e quattr'otto: la bambina, incuriosita, avrebbe smesso di giocare per assistere a quella sfida eroica in cui, devo dire, brillavo sia in veste di pedone – mi scansavo all'ultimo momento, e comunque Lello era un bambino perbene, frenava se vedeva che rischiava di travolgermi – sia in veste di ciclista – andavo in direzione di Lello a tale velocità che non l'ho mai ucciso solo perché non si fidava di me, preferiva essere vile invece che finire all'ospedale. Insomma il progetto era che la milanese notasse come io davo il meglio di me e Lello il peggio, e mi scegliesse per amarmi sempre. Con questo fine cominciammo.

Montai in bici, feci un giro per acquistare velocità. Lello si mise in attesa assumendo una bella posa. Io puntai allora a travolgerlo annunciandomi col suono del campanello e lanciando grida selvagge a uso e consumo della bambina di Milano che

– mi immaginai – già stava volgendo lo sguardo e pensava con ammirazione: lo riconosco, è quello alla finestra, oh finalmente. La posa combattiva di Lello come al solito non durò, lui si scompose presto per togliersi, in modo inelegante ma saggio, dalla mia traiettoria di guerriero pazzo a cavallo. Gli gridai, andando a frenare piú in là: vile fellone, te ne pentirai, la pagherai cara (pagare il fio l'avevo letto di recente ma non mi convinceva), e altre battute di repertorio. Ma dovetti constatare che la bambina e le sue compagne stavano continuando placidamente il loro gioco e, se pure mi avevano lanciato uno sguardo, erano rimaste del tutto indifferenti. La constatazione mi stordí di dispiacere.

Cedetti la bicicletta a Lello, mi collocai a gambe larghe e muscoli tesi, aspettai che il mio amico mi corresse addosso. Lello fece il suo giro, acquistò velocità, puntò su di me mentre gli gridavo: non l'avrai vinta, strunz, dovrai passare sul mio cadavere. Ecco quindi la bici che sopravveniva scampanellando, ma ecco anche – meraviglia – la bambina che finalmente mi guardava, forse stava cercando di capire che razza di gioco era quello, o chissà, temeva per la mia vita e stava già concependo l'idea di andare nella morte al posto mio, ah era cosí elettrizzante che si preoccupasse per la mia sorte come io mi preoccupavo giorno e notte per la sua.

Fu cosí elettrizzante, infatti, che non mi scansai. Lello mi arrivò addosso sorpreso dall'assurdità del mio comportamento troppo impavido, e

meno male che frenò, ma non abbastanza presto
da non salirmi con la ruota anteriore sul piede sinistro e urtare con il parafango e la gomma zigri-
nata sulla mia caviglia ignuda.

7.

Mi infastidiva sempre piú essere un bambino,
ma non riuscivo ancora a smettere. Sulla questione
del perdere la vita ero fermo grosso modo a questo punto: perire eroicamente nel corso di guerre,
terremoti, maremoti, febbre gialla, incendi, crol-
li in miniera con fuoriuscita eventuale di grisú,
e immaginare che intanto perissero normalmente persone a vario titolo amate, mi sembrava un
momento alto del mio modo di organizzare sia il
piacere che l'angoscia di vivere, e anzi, esageran-
do un po', addirittura mi dava gioia; ma farmi un
graffio per caso, sentire dolore, vedere il sangue,
be', questo mi pareva ancora il lato intollerabile
dell'esistenza, tanto piú che si tirava dietro l'ac-
querugiola umiliante delle lacrime, e sul momento
non mi consolava affatto la possibilità di spacciar-
lo in seguito per una ferita quasi mortale. Anche
in questo la mia vecchiaia di adesso ha qualche
somiglianza con l'infanzia di allora. Della morte, dopo averla temuta finché ero nel pieno delle
forze, oggi non m'importa piú niente; ma i tagli
chirurgici, le intrusioni della scienza per vedere,
estirpare, richiudere, e il risveglio dolente dall'a-
nestetico, e le sofferenze, l'angoscia, e spurgare

sangue, e ormai malconcio, debole di cervello, figurarmi l'istante del trapasso, quello no, quello mi spaventa, c'è persino il rischio che dopo ben settant'anni mi rimetta a piangere come ancora facevo intorno ai nove.

Quando Lello mi venne addosso ci fu una tale irruzione di disordine – ero in piedi, ero a terra, mi si era spezzato il cielo in testa, l'asfalto aveva ceduto, stavo precipitando? – che non solo il pianto ma anche il dolore finirono in attesa dentro qualche sacca o sacchetto cerebrale. Mi colpí soltanto che Lello, mollata la bicicletta, stava gridando senza l'italiano di solito in uso tra noi: nunnècolpamia, aggiofrenato, tesífattomale, fammevedé, omaronnamia. Poi mi scoprii lungo per terra, non lo tollerai, mi misi seduto in fretta. Sentii male alla caviglia e me la guardai in apprensione. Era sana, solo una striscia rosa. Ci passai subito le dita per una verifica sommaria, ma proprio quel gesto mi fu fatale. Le dita resero la striscia piú rossa, fu come se la lacerassero, e comparvero striature di sangue. Mi sentii perso, avevo intorno un bel po' di bambini e bambine, sperai che la milanese non ci fosse. Come cambiano bruscamente i desideri. Ora volevo strepitare e piangere a piacimento, senza dovermi sorvegliare per fare bella figura di coraggioso con lei. Tanto piú che Lello stava constatando: tèsciosàng, un movimento da dentro a fuori, una fuga di me dall'interno di me che mi appannò la vista e mi fece venire voglia di tornare a sdraiarmi per terra chiudendo definitivamente gli occhi.

Invece feci il contrario. Mi costrinsi a rimetter-
mi in piedi, mi strofinai gli occhi come se non ci
vedessi bene e quindi, zoppicando di proposito,
mi avviai verso la fontanella a testa bassa. Non
desideravo vedere e sentire nessuno – del resto
molti già se ne stavano tornando ai loro giochi
dicendo delusi: nunsèfatteniént –, anzi ero cosí
inferocito con me stesso e con gli altri, che avrei
voluto avere il bastone di mio nonno e vendicarmi,
mulinando la spada fiammeggiante, di chiunque
fosse sano e salvo quando io mi ero fatto molto
male. Lello tornò all'italiano:

– Ti vuoi appoggiare a me?
– Nun c'è bisogno, strunz, guardachemmefàtt.
– T'accompagno.
– Meglio solo che male accompagnato.

Mi allontanai infatti in solitudine, occhi a terra, trascinando la gamba gravemente ferita verso
la fontanella. Lí la sciacquai con cura maniaca-
le e gemiti contenuti. Intanto piú mi accertavo
che il sangue non zampillava, non sgocciolava,
anzi quasi non ce n'era – e soprattutto la ferita
bruciava sí un poco, ma non da torcersi urlando –, piú mi vedevo preda dell'anemia – bestia
sempre in agguato se non mangiavamo di tanto in tanto l'odiosa carne di cavallo che faceva
sangue – o del tetano, altra misteriosissima parola che poteva nascondere di tutto, dal verme
al serpente, e che sempre il mio ottimo padre,
appena capitava che ci sbucciassimo le ginocchia o ci tagliassimo, temeva per noi figli piú
di ogni altra cosa.

Ero lí quindi alla fontanella che mi sciacquet-
tavo, quando una voce soave – non l'ho dimenticata piú – chiese: posso bere? L'accento era
decisamente straniero, nessun napoletano, men
che meno Lello, parlava l'italiano a quel modo.
Tirai subito via la caviglia e il piede nudo, troppe emozioni, il coraggio, la sfida, il sangue, lo
sforzo di essere maschio senza lacrime, e ora
lei, proprio lei, la milanese, che chiedeva: posso bere. Risposi cupo, rasposo: sí, e indietreg-
giai di un passo.

La fontanella aveva un getto deciso, a piombo,
un lungo ago bianco che si spuntava gorgoglian-
do monotono, con una schiumata, in una vasca
sporca di foglioline, pietrisco, cartacce. La bambina ne abbracciò delicatamente il corpo metalli-
co, inclinò il busto, la testa. Non aveva le trecce
– mi resi conto – come Lizzie, la sorella di Kit,
protagonista del fumetto *Il Piccolo Sceriffo*, ma
nemmeno i capelli sciolti come Flossie, che di Kit
era la fidanzata. Qualcuno le aveva fatto un taglio corto, forse in vista dei primi caldi. Era tutta scura: i capelli, le sopracciglia, la pelle esposta
al sole del balcone, le pupille. Ma quando aprí la
bocca mostrò denti cosí bianchi, cosí ben model-
lati, che mi sono brillati nella memoria per tutta
la vita. L'acqua le si spezzò sulle labbra, gocciolò
per il mento, mentre mi fissava con occhi lunghi,
forse maliziosi o forse solo incuriositi. Bevve per
un tempo che mi sembrò un segno di gran sete,
ma per quel che mi riguardava poteva bersi tutta
l'acqua della fontanella, immobile, per sempre,

tanto era bello guardarla. Invece a un certo punto smise, l'acqua tornò al suo gorgoglío monocorde, lei mi chiese:

– Ti sei fatto male?

– No.

– Ti sta uscendo il sangue.

– Poco.

– Mi fai vedere?

Feci cenno di sí. Si dispose con le mani sulle ginocchia, curva in avanti.

– C'è il sangue, – constatò e poggiò l'indice della mano destra sulla ferita.

Io repressi un ahi e ribattei, nella convinzione che fosse la cosa piú giusta da dire:

– Mi piace quando balli come una ballerina di carigliòn.

– Anche a me.

– A me di piú. Ma non cadere.

– Non cado.

– Però, se cadi, ti salvo io.

– Grazie.

Restammo lí, da soli, dentro un grappolo molto compatto di cose e minuti, mentre la fontanella gorgogliava in sottofondo e noi conversavamo nella forma che ho appena ricostruito in modo molto approssimativo. Quand'ecco che ci piombò addosso una donna bionda e grassa, l'afferrò per un braccio e le disse rabbiosa, in un napoletano identico a quello di casa mia, niente a che fare con l'italomilanese della bambina: cchitaratopermèss, eh, mestaifacènnascípazz, taggiocercatadapertútt, macómm, tujescecàsasènzadicereniént, moverím-

moquannetòrnanomammepapà, moverímm. Me la
rapí lasciandomi felice e disperato.

8.

La mia escoriazione fu disinfettata da mia madre, esaminata da mio padre in ansia per il tetano, ignorata da mia nonna che, se mi facevo un
graffio, soffriva cosí tanto che si chiudeva a occhi
bassi nelle faccende domestiche e a tratti muoveva
le labbra senza emettere suono, forse pregando,
forse bestemmiando contro la malasorte. Io feci
un po' di storie per quanto bruciava lo spirito, che
però, se non si trattava di disinfettare, apprezza-
vo molto sia per il suo odore che mi toglieva gra-
devolmente le forze, sia per la sua prossimità con
i fantasmi, sia per le ciliegie sotto spirito. Della
ferita, a quel che ricordo, mi dimenticai subito,
ero anestetizzato dall'amore.

Cominciò un periodo di lieta trepidazione. Non
vedevo l'ora di avere altri colloqui con la milanese, gli sguardi da finestra a balcone mi sembravano ormai insufficienti. Già il giorno dopo il feri-
mento, attesi che lei ricomparisse sul balcone, ma
non successe. In seguito andai alla fontanella alla
stessa ora, sperando di trovarla lí a bere, e ascol-
tare di nuovo come pronunciava in modo melo-
dioso ogni parola. Incontrai invece Lello che mi
esaminò la caviglia e disse sollevato:

– Non ti sei fatto niente.

– È uscito almeno un litro di sangue.

– Però stai bene.

– Cosí cosí.

– La milanese che t'ha detto?

– Non sono fatti tuoi.

– Invece sí, me la voglio sposare.

Su quel punto litigammo a lungo e arrivammo infine a progettare un duello all'ultimo sangue da tenersi in quel luogo appartato del cortile dove c'era la fossa dei morti. Discutemmo sulle armi. Io ero per il ricorso ai ferri dell'intelaiatura di un ombrello che avevamo nascosto nella zona degli scantinati. Lui si oppose, voleva a tutti i costi che combattessi con il bastone di mio nonno. Gli obiettai che se lui duellava con un semplice ferro dell'ombrello e io con la spada fiammeggiante, mi sarei trovato in vantaggio e lo avrei sicuramente ucciso. La cosa non lo turbò, era tale la curiosità di vedere il bastone, che per soddisfarla si sentiva disposto a morire. Insomma fece tante e tali resistenze, che dovemmo rimandare il duello anche se avevo urgenza di ammazzarlo.

Passai a riflettere sul da farsi. Sebbene ci fossero ormai solo giornate di sole, la bambina non tornò piú in piazza da sola e anche sul balcone comparve poco. Quando le rare apparizioni si verificavano, correvo a chiudermi nel cesso, mi affacciavo alla finestrella, la guardavo, salutavo, a volte spenzolavo la gamba gravemente ferita oltre il davanzale perché la vedesse. Non posso dire che lei rispondesse con entusiasmo a quelle mie richieste di attenzione, ma sicuramente si mostrava curiosa e qualche volta salutava con la mano. Ad ogni modo non c'era possibilità d'altri scambi – una conversazione gridata, per esempio –, innanzi-tutto perché mi avrebbero sentito tutti in casa e fuori, e poi perché da lei, sul balcone, facevano capolino spesso sua mamma, il padre – entram-bi bei signori milanesi, anche se secondo me mia madre e persino mio padre erano piú belli – e la strega grossa di normale lingua napoletana che me l'aveva portata via.

Avevo la testa in fiamme, ormai, non riuscivo a dimenticare l'acqua della fontanella che lustrava le labbra, i denti della bambina di Milano. La se-ra, prima di addormentarmi, mi vedevo rampan-te su per la grondaia fino al balcone, anche se lí a fianco non passava nessuna grondaia. O addirit-tura volavo, appeso a una corda dalla finestra del cesso al balcone, dalla mia area sempre in ombra a quella sua sempre al sole. Smaniavo e credevo, tra preoccupazione e compiacimento, che quelle smanie fossero una manifestazione della mia ec-cezionalità. Solo in seguito ho capito che si tratta-va di una pazzaría comune ai maschi di ogni età, quando mettono le femmine in cima all'elenco delle loro numerose pazzièlle.

Mi sembrò a un certo punto una buona solu-zione mandare un messaggio alla milanese in cui le dicevo: ti supplico di parlare solo con me e non con Lello. Pensai di scriverglielo su un fo-glio grande strappato dal rotolo di carta che mio padre usava per disegnare, ma alla fine rinunciai, non mi parve prudente, il vicinato avrebbe potuto vederlo. Preferii affidarmi, dopo molti tentennamenti, alla piú sicura cassetta rossa della posta, che era in piazza e che già usavo per spedire ai vivi e ai morti i miei versi. Non mi costava niente, bastava aspettare che non passasse nessuno. Mi arrampicavo su un muretto di lato alla buca delle lettere, mi protendevo e imbucavo i miei fogli di quaderno non senza averci prima disegnato un francobollo. In genere non mettevo destinatario, versi e prose erano implicitamente indirizzati al genere umano. Ma in quella occasione scrissi innanzitutto in cima al foglio: per la milanese; poi disegnai un francobollo colorandolo coi pastelli; infine, con la splendida grafia che a volte Benagosti lodava, scrissi prima il messaggio che avevo già concepito – ti supplico di parlare con me e non con Lello – e poi lo arricchii con: io sono assai piú forte e assai piú bello. Stordito dal piacere della composizione andai a imbucare la missiva, e l'avevo appena fatto che mi arrivò alle spalle Lello.

– Che hai messo là dentro?

– Che te ne fotte.

– Dimmelo.

– Una lettera di mio padre per il pittore Mané. Lo conosci?

– No.

– Lo vedi? Non sai niente e ti vuoi sposare la milanese.

– Ci si sposa anche se uno non conosce i pittori.

– Non con la milanese.

– Decide lei chi vuole sposare.

– Decidono le spade. Ti ammazzerò e me la sposerò io.

– Va bene, ma solo se porti il bastone di tuo
nonno.

S'era fissato col bastone. Mi venne allora, credo, l'idea di costruire, insieme a mio fratello che
era bravo a costruire, un bastone che se impugnavi
il manico e tiravi, sfoderavi uno dei ferri da calza
di mia nonna che era, come spada, molto piú vero dei ferri d'ombrello. Eccolo qua, avrei potuto
dire a Lello. E poi: in guardia. Sarebbe seguito
un lungo e pericoloso scambio tra spadaccini, e
infine – auspicavo – la morte di Lello in un lago
ovviamente di sangue.

9.

Per le mie invenzioni ho sempre avuto bisogno,
fin da piccolo, di un pizzico di verità. Puntai, quindi, a rivedere la vecchia foto di mio nonno e mia
nonna, ne avevo una memoria sbiadita. Se volevo
fabbricare per bene il bastone falso, dovevo dare almeno un'occhiata a quello vero, e perciò mi
auguravo che in quell'immagine l'arma figurasse.
Cominciai ad assillare mia nonna spacciandole per
affetto di nipote nei confronti del suo sposo morto
la mia urgenza di studiarmi il bastone-spada. Lei
diventò piú paonazza del solito, tentennò, disse
che dovevo aspettare. Capii che aveva bisogno di
trovare il momento adatto, momento che – in-
tuii – combaciava perfettamente con quello in cui
mio padre non solo non era in casa ma si esclude-
va che potesse rientrare da un momento all'altro.

Non voleva subire il sarcasmo – a volte veri e propri insulti – con cui lui le parlava del suo passato remoto di donna amata, fidanzata, sposata. Suocera – diceva mio padre quando era di buonumore – dicitaverità, vuienunvarricurdatechiúdicommèsucciéso, èpassatotantutiémp, stavatescetàta, stavatedurmènno, chiossapecchiú, forsevossítesunnàto che è arrivato stuguappetiellammartenàto, e zo-zo-zo, vi so' nati due figli, una bella, graziópatatèrno, e uno brutto, poco intelligente, proprio come dev'essere stato il marito vostro fravecatóre, paciallànemasóia, machévulítefà, ognuno mette nei figli chellacatène, e perciò il figlio maschio v'è venuto strunz e di una tale pirchiaría che non mi ha mai dato un centesimo per il vostro mantenimento, sicché se campate qua da signora è solo grazie alla mia generosità di grande artista, è vero o no, ma che c'è, movemmettítachiàgnere, per favore, suocera, non vi pigliate collera, stoppazziànno, io vi voglio bene.

Cosí, a occhio e croce, ma a mia nonna, c'era poco da fare, non piaceva scherzare a quel modo, si pigliava moltissima collera. Stringeva le labbra, lottava con le lacrime, si nascondeva in se stessa per sfuggirgli, e nascondeva sotto il suo letto in camera da pranzo, dentro una scatola di legno scuro, le poche cose che possedeva e su cui lui non doveva mettere in nessun modo gli occhi, visto che, senza rispetto, già ci metteva bocca.

Poiché anch'io mi nascondevo a mio padre, un po' la capivo. Sentivo la sua scatola dei segreti simile alla segretezza dei miei giochi e delle fantasie, che interrompevo o mi cancellavo dagli occhi quando lui compariva in casa come se fosse un angelo con le penne nere venuto dalla fossa della morte. Perciò tornavo, sí, di continuo a insistere con lei perché mi mostrasse quella foto, ma solo se mio padre non c'era e anzi di sicuro sarebbe mancato almeno per qualche ora. Insisti e insisti, alla fine cedette. Si inginocchiò, tirò dal buio profondo sotto il letto la scatola, vi frugò, trovò la foto, ricacciò la scatola nella tenebra e si sollevò con un gemito.

Questo – voglio sottolineare – è un momento importante della mia infanzia, ma non ha un suo spazio determinato, un tempo atmosferico, una luce, il calore e il respiro di mia nonna. Il momento, nella memoria, è occupato solo dalla foto, un rettangolo di cartone marroncino segnato da numerose crepe bianche nell'immagine. Non c'è nient'altro, non ci sono nemmeno io. Procedo quindi per approssimazione e immagino di essere corso subito con lo sguardo a mio nonno, quel morto sfracellato che lí era ancora un giovane in piedi, il busto appena inclinato, un gomito appoggiato alla spalliera di una sedia, i capelli pettinati all'indietro d'un nero brillante, una fronte non proprio piccola ma nemmeno grande poggiata su sopracciglia foltissime, tenebrose, e occhi benevoli, il biancore della camicia sotto l'abito scuro, la cravatta a righe, corta, fissata dal fermacravatta chissà di quale metallo prezioso, il fazzoletto nel taschino, ed eccolo finalmente, il prodigioso bastone.

Ce l'aveva davvero, un'asta di legno nero con un pomo che forse era d'argento. Ma non ci si appoggiava, come sarebbe stato naturale. Il bastone era un solco in diagonale tra busto e pancia, lui lo teneva con entrambe le mani. Pensai: lo regge cosí perché se qualcuno tipo mio padre gli dice una mala parola, lui con la sinistra stringe il bastone e con la destra afferra il pomo, estrae la spada. Già lo vedevo, infatti, mio nonno, che tornava dalla morte per trafiggere il genero a causa dello sfottò alla donna che gli era stata sposa. Era d'obbligo. Tutto il mondo, ogni singola esistenza, si contorceva dentro una guerra crudele. Noi maschi dovevamo vivere, in un modo o nell'altro, sempre in allarme, sempre in attesa di aggredire o essere aggrediti, subire torti per poi vendicarci o bellamente farne noi e in sovrappiú debellare i probabili vendicatori, ah magnifico, era quello il nostro destino, e non ci acquietava nemmeno la morte, anzi. Che gesto elegante e furibondo era quello con cui il giovane cadavere di mio nonno già schizzava vivo dal cartone, ora sguainava la spada e le faceva fare un mezzo arco nell'aria marroncina, prima di puntarmela contro invitandomi per gioco al duello. Mia nonna chiese sommessamente, molto emozionata nella voce:

– Era bello?

– Sí.

– E io?

Solo a causa di quella domanda mi resi conto che accanto a mio nonno c'era lei. La cercai nella foto con svogliata attenzione. E la vidi, sedeva sulla sedia – o chissà, forse era una poltrona di principessa – a cui si appoggiava con un braccio il giovane armato di bastone. Fu lei la vera tremenda sorpresa. Quante gioie aveva addosso, ora non possedeva piú niente: orecchini pendenti con pietra preziosissima ai lobi, una spilla di brillanti che pareva una piccola stella cometa, una croce appesa a una collanina d'oro, un orologio che le cascava in grembo trattenuto da un lunghissimo filo di chiacchiere lucenti, un braccialetto e almeno tre anelli, due a una mano, uno all'altra. Sedeva chiusa in una veste lunga che sfiorava gli scarpini, ampia a partire dai fianchi e giú per le gambe accavallate, ma stretta in vita, sul petto – bottoni, qui, e pieghe e arricci e sbuffi –, una stoffa chissà di che colore, il marrone diffuso della foto, solcato da rigagnoli bianchi, non lo poteva dire. Da quella veste si levava un collo lungo, teso, in cima al quale – incredibile – sbocciava la stupefacente corolla dei capelli, ampia, morbida, scurissima, a volute fermate da chissà quali pettini e forcine. Infine il volto, ah che lineamenti delicati, che taglio d'occhi, che zigomi, che disegno delle labbra. Guardava diritto verso di me, e io pensai: non è possibile, ebbi una specie di convulsione dentro la testa.

– Io, – insistette mia nonna in apprensione, – come sono?

– Bellissima, – risposi.

Ed era vero, era proprio bellissima, ma per la prima volta nella mia vita ebbi l'impressione che le parole potessero, in certe circostanze, diventare un giocattolo con un loro congegno interno che, di colpo, non lavorava piú bene. Cosa voleva sapere, cosa le avevo risposto io? Voleva sapere come era adesso – mi aveva chiesto: commesóng – ma quale adesso, dove, fuori della foto, dentro? Insomma, a quale tempo alludeva con quel commesóng/comesono, a chi? Alla nonna che mi stava mostrando la foto o a quella che nella foto se ne stava accanto al morto col bastone? Mi sentii sbandato dalla fantasia. Pensai che, se quella meravigliosa signora era davvero mia nonna, per il dolore doveva essere morta insieme al marito muratore; e che la bruttissima nonna che avevo al fianco doveva essere un esempio raro di nonna viva che però, molti anni prima, era deceduta, o forse era andata generosamente nella fossa dei morti a riprendersi il marito ma poi s'era girata a guardarlo, se l'era perso ed era tornata tra i vivi guastata dalla brutta esperienza. Peccato, perché se fosse rimasta nonna come era in quella foto, la nonna della milanese non avrebbe potuto reggere al confronto, e anzi avrei chiamato la mia di continuo alla finestra per indicarla fieramente alla bambina e dirle alla prima occasione, casomai accanto alla fontanella, dopo che aveva bevuto: sei bella piú di mia nonna che, come hai potuto vedere, è assai piú bella della tua.

10.

Grazie a mio fratello che, pur avendo due anni meno di me, era molto piú sveglio e piú abile,

nacquero dal nulla due bastoni di cartone pitturati
di nero, dentro i quali entravano perfettamente i
due ferri per sferruzzare di proprietà di mia nonna, ciascuno ben conficcato in una impugnatura
di legno grigiobianco che al sole pareva argento.
Facemmo una prova tra noi per verificare se si
duellava bene e scoprimmo che si duellava benissimo. Soltanto chiesi a mio fratello, per comple-
tare il lavoro, di spuntare la futura spada di Lello
e appuntire ben bene la mia con la lima, cosa che
lui fece alla perfezione.

Seguirono faticose trattative con il mio compagno di giochi, che si fidava poco.

– Lo porti il bastone?
– Ne porto due.
– Non ti credo.
– Vediamoci domani.
– Domani ho da fare.
– Dopodomani.
– Non so.
– Ti cachi sotto?
– Ti cachi sotto tu.
– Sei pallido, hai paura di morire.
– Me ne fotto di morire.
– Voglio proprio vedere.
– Tanto, se pure muoio, mi sposo comunque
la milanese.
– Una volta morto, non ti puoi sposare piú.
– La vedremo.
– Che vedremo? Non si può e basta.
Mi dava ai nervi che Lello insistesse con quel
suo progetto di matrimonio e non intendesse far-

si da parte nemmeno se restava ucciso. Riuscii a
metterlo in crisi solo quando gli dissi:

– Non sai giocare.

– Gioco benissimo.

– Croce nera, non ci gioco piú con te.

Feci per andarmene, mi rincorse.

– Va bene, domani pomeriggio alle quattro.

– Macché, non gioco con uno che non sa giocare.

– So giocare meglio di te.

– Allora patti chiari: se sei morto, la milanese
me la sposo io.

– Va bene, porta i bastoni.

Come ho detto, bisognava vedersi alla fossa dei
morti, ma poco prima che sgattaiolassi fuori di casa
per correre all'appuntamento insieme a mio fratello
che voleva portare a tutti i costi di persona le armi
prodigiose di sua fattura, ci fu un fatto imprevisto.
Diedi uno sguardo dalla finestra e vidi che la bambina era sul balcone e stava facendo una cosa che
non faceva da un pezzo: ballava. Tentennai, che
fare? Sottrarmi al duello meritandomi il marchio
del codardo, e non staccare mai lo sguardo da lei
perché sapesse che era il centro di tutti i miei pensieri, o correre a duellare come sentivo l'urgenza
di fare e abbandonarla a se stessa, figurina trascurata, infelice casomai al punto da inerpicarsi sul
davanzale e danzare pericolosamente sull'abisso?

Per un lungo minuto bruciai d'amore e di vio-
lenza. La bambina danzava, e ogni sua piroetta
mi tratteneva ma anche mi imponeva di correre
subito alla fossa dei morti e sperimentare, nello
scontro all'ultimo sangue con Lello – il rivale che

voleva insozzare la limpidezza della milanese –,
le armi messe a punto da mio fratello. Oggi i miei
nipoti ammazzano e sono ammazzati in giochi vir-
tuali molto combattuti. Noi giocavamo a uccidere
e essere uccisi su concreti sfondi domestici, per
strada, nel cortile, in una pericolosissima confu-
sione di realtà e finzione, tanto che sarebbe bastato sbagliare porta o vicolo per arrivare alla mano
veramente armata. Guardavo la bambina al sole
e le sue movenze non solo erano graziose ma dolci, dolci al punto che avrei voluto avere un braccio lunghissimo e arrivare fino a lei con la punta
delle dita e poi leccarmele come se avessi sfiora-
to zucchero filato. Ebbi un'idea che mi sembrò
risolutiva: perché duellare dietro l'aiuola, davanti al coperchio della fossa dei morti? Perché non
uccidere Lello, dopo un lungo scontro, in strada,
sotto il balcone della milanese?

Mio fratello e io corremmo all'appuntamento. Lello era già lí accanto alla fossa, impaziente.

– Dov'è il bastone?

– Ne abbiamo portati due, cosí sarà un duello
ad armi pari.

Mio fratello gli mostrò i bastoni. Lello li esaminò
e protestò deluso, non era quello che si aspettava.
Mio fratello si offese e gli disse: strunz, guarda
bene, sono assai meglio di qualsiasi altro bastone
di questo tipo; quindi gli mostrò come si estrae-
vano le spade, la fattura del manico, la verosimi-
glianza delle lame. Lui restò a bocca aperta, dovette ammettere che non aveva mai visto nulla di
equivalente e io subito intervenni:

– Ho fretta, se non vuoi fare il duello lo vado a fare con un altro.

– Va bene, cominciamo.

– Non qui.

– E dove?

– Sotto al balcone della milanese.

– Vuoi morire là?

– Sí.

– Andiamo.

Uscimmo sulla piazza, piegammo a destra di corsa e poi ancora a destra. Che pomeriggio splendido. Arrivammo trafelati, Lello gridando, per attrarre l'attenzione della bambina, io qualche metro indietro che gridavo piú di lui, mio fratello – che portava le armi per evitare che le rovinassimo –, subito dopo, silenzioso. Trepidavo, s'affaccia, non s'affaccia, e speravo di sí, forse anche Lello. Mio fratello distribuí i bastoni, Lello estrasse la sua spada per mettersi nella posa del grande spadaccino, io estrassi la mia soprattutto per controllare che fosse quella acuminata. Fui contento, si trattava proprio della spada giusta, su mio fratello si poteva sempre fare il massimo affidamento. Ma fui ancora piú contento quando mi accorsi che dal parapetto del balcone al secondo piano stavano affiorando il viso, poi le spalle, poi addirittura il busto della bambina. Certo, anche lei coi pericoli non scherzava, pur essendo femmina. Chissà su quale oggetto si era arrampicata, ora si sporgeva per vedere bene cosa combinavo, non volevo nemmeno immaginare che si interessasse a ciò che combinava Lello. Era splendida, un riflesso

di luce le brillava in testa come una fiammella.
Attaccai Lello senza che ci facessimo il saluto dei
duellanti, cosa in cui normalmente eravamo entrambi abili. Mi comportai cosí per evitare che si
accorgesse di lei e la guardasse. Con questa scor-
tesia cominciò il duello.

Fu uno scontro lungo, nella memoria, la sede
delle nostre prime narrazioni, quelle che chiamia-
mo ricordi o rimembranze, le piú emozionanti e
le piú ingannevoli. Nei fatti non so, durò probabilmente abbastanza da permettere a me e a Lello di immaginarci robinúd, moschettieridelré, pa-
ladinidifrancia in lotta per l'esclusiva su regine,
principesse, femmine in generale che, quasi come i tesori nascosti, nessuno doveva rubarci pena la morte. Credo di aver gridato tutto il tempo
parole da schermitore, imparate leggendo un volume malconcio che mi aveva regalato il marito
carabiniere di una sorella di mia nonna. Raddop-
pio, strillavo a commento delle mie azioni, stoc-
cata, inquartata, tocco, affondo. Tutte parole che
non corrispondevano alla realtà. Mai fatto duelli,
nemmeno un po' di scherma, niente di niente in
tutta la mia vita, solo chiacchiere. Invece mi accorsi che la bambina si accingeva ad agire, ecco che
si arrampicava sul davanzale, si stava levando in
piedi. Evidentemente era stanca di starci a guardare e voleva un po' di attenzione. Tiravo colpi e
la tenevo d'occhio, ma muto adesso, pensavo solo: quando cade, io corro e la prendo tra le braccia. Senonché, proprio mentre lei faceva i primi
passi di danza, mi resi conto che colpivo l'aria, la

spada di Lello non c'era piú. L'aveva momenta-
neamente abbassata – la punta toccava il marciapiede – e guardava alloccúto la milanese, il fianco
offerto cosí stupidamente alla mia lama che pensai
furibondo: è innamorato ancora piú di me. Fu un
attimo. La donna grassa irruppe, afferrò la bambina urlando a ripetizione: tummevuofàmuríammé, tummevuofàmuríammé, e la trascinò dentro
casa seguitando a strillare. Mia nonna gridò dalla finestra: chivaddàtoperméssescénnereabbàsce,
turnatesubbetoccà. Io trafissi Lello per gelosia, gli
cacciai il ferro da calza nel braccio.

11.

Proprio in quel periodo avevo trasformato anche
il sangue – specie quello altrui – in una finzione, e
non mi spaventai, non piansi. Lello invece strillò,
scoppiò in lacrime, spaventò mio fratello che rac-
colse le spade e se ne tornò a casa. Restai un po'
a esaminare la ferita del mio nemico, che però si
sottraeva gridando in napoletano: strunzguarda-
chemmefàtt. Ribattevo: e tu a me?, e gli ricordavo di quando mi aveva escoriato la caviglia con la
bicicletta e io non avevo detto niente, nemmeno
un sospiro, ero andato compostamente a sciac-
quarmi alla fontanella. Vieni, gli dissi, non piangere, ti sciacquo io, se piangi nunsinòmm. Lello,
per dimostrarmi che era uomo, cioè non femmina, si sforzò di non piangere, venne con me alla
fontanella, mise il braccio sotto il getto dell'ac-

qua. Ma quando vide la ferita scoppiò a piangere di nuovo e anch'io mi impressionai, lo mollai lí, tornai a casa.

Seguirono molti guai, inutile elencarli tutti. Basta dire che io me la dovetti vedere con mia madre, con mio padre, con la madre di Lello, col padre di Lello, con un fratello piú grande di Lello e di me che due giorni dopo mi tirò le pietre, mi diede un pugno e qualche calcio. Solo mia nonna si schierò dalla mia parte e cercò persino di insinuare che la colpa era di mio fratello, lui aveva rubato i ferri e costruito le spade portandomi per la cattiva strada, io non ne sarei mai stato capace. Si dispiacque solo quando le dissi: pure nonno faceva i duelli, che ho fatto di male, è una cosa normale. Mormorò: nunnamaifàttonuduèll, e diventò muta per un tempo che non mi ricordo.

Ad ogni modo dimenticai tutto presto. Anche Lello dimenticò e ridiventammo piacevolmente rivali. Fu lui a dirmi che la milanese era partita per una cosa che si chiamava villeggiatura, ma sarebbe tornata a fine estate e avremmo potuto di nuovo provare ad ammazzarci per lei. Fu lui a mostrarmi i foglietti che avevo imbucato nella buca della posta, disposti in bell'ordine e trattenuti da una pietra su un muretto. Il postino, che se li era letti, non solo aveva lasciato qua e là qualche bravo col punto esclamativo ma aveva anche corretto gli errori d'ortografia.

– Non sai scrivere in italiano, – disse Lello soddisfatto.

– So scrivere meglio di te.

– No, fai gli errori di ortografia, io no.
– Ne faccio pochi.
– Io nessuno.
– Buciardo.
– Vogliamo vedere? Come si scrive buciardo?
– Buciardo?
– Sí.
– B-u-c-i-a-r-d-o.
– Sbagliato. Non ci vuole la c ma la g.
– E chi lo dice?
– Il vocabolario. Fai le poesie ma non sai scrivere.

Mi portai via i foglietti un po' depresso, primo, perché non avevo mai visto un vocabolario, a casa mia non ce n'erano; secondo, perché non potevo piú contare sulla magia della buca delle lettere, era risultata, come poi è successo a tante altre cose del mondo, una comune cassetta di ferro di colore rosso vivo; terzo, perché il mio messaggio per la milanese evidentemente non era mai arrivato a destinazione. Decisi perciò che, al suo ritorno dalla villeggiatura, le avrei consegnato di persona, superando tutti gli ostacoli che ci separavano, le poesie che avevo scritto e avrei scritto per lei. Intanto mi diedi a una serie di attività che dovevano far passare in fretta l'estate: guerreggiare con Lello e leggere i fumetti che aveva in gran quantità e che mi prestava; allenarmi nelle capriole sulle sbarre di ferro; raccogliere foglie di tutti i tipi e studiare come da vive erano bellissime e tese, poi perdevano i colori, la forma, infine si seccavano fino a sembrare fogli di carta sporca che se li toccavi si sbriciolavano.

Ma soprattutto studiai mia nonna. Ora che l'avevo vista in fotografia mi pareva evidente che al giovane con la spada nel bastone era bastato uno sguardo per essere vinto dall'amore almeno quanto ero stato vinto io vedendo la milanese. Non dubito – pensavo – che se la nonna in fotografia venisse fuori dal cartone marrone e comparisse qui in cucina, potrei amarla e, sicuro del suo consenso, casomai sposarla e farmi fotografare con lei armato. Ma che rapporto c'era tra quella nonna e la nonna che avevo adesso? Nessuno. Le avevo fatto giurare una o due volte che nella foto era proprio lei ma, anche se aveva giurato, non ci vedevo alcun punto di contatto, e tuttavia escludevo che spergiurasse, almeno con me. Di sicuro la sua trasformazione apriva numerosi problemi. Anche di mia madre c'erano le fotografie ma lei, che nelle foto era cosí cosí, nella realtà di adesso era bellissima. Cosa dovevo pensare? Avrebbe subíto in seguito le stesse orribili trasformazioni di mia nonna? E la milanese? Che brutto rompicapo – pensai a un certo punto, studiando le mie foglie –, sicuramente la soluzione ha a che fare con la morte. La mia nonna bellissima, per amore, se n'era andata con il giovane marito a lavorare nella fossa dei morti agli ordini degli angeli con le penne nere. E aveva lasciato in casa nostra – ipotizzai – una nonna brutta a seccarsi e sbriciolarsi come le foglie che staccavo da alberi e arbusti. Perciò a volte, mentre giocavo mentalmente a essere il grande poeta Orfeo che voleva salvare Euridice e mi aggiravo in quell'angolo segreto del cortile dove c'era la fossa, mi immaginavo che se quello fosse stato davvero il coperchio dei morti e davvero fossi riuscito a rompere il catenaccio, forse avrei potuto tirar fuori dagli inferi la nonna della fotografia, forse anche il giovane nonno, e agli angeli dare in cambio la nonna di casa che era una gran lavoratrice e piú adeguata a sgobbare nella tenebra.

Quell'estate cercai spesso di tirare in quel gioco Lello, ma senza successo. Volevo che facesse la parte del mio amico fidato, uno che poi moriva e dovevo andare a combattere con gli angeli neri per riportarlo alla vita prima che lo divorasse il verme. Ma lui, dopo la grave ferita al braccio, aveva avuto un'impennata della crescita e credeva sempre meno a quelle finzioni, con la conseguenza che anche io non sapevo crederci pienamente e quando mi ci dedicavo, fosse pure soltanto tra me e me, non ero piú capace di impegnarmi come in passato, un po' mi annoiavo, un po' mi vergognavo. Tra luglio e agosto riuscii a trascinarlo soltanto due volte, alla fossa dei morti. La prima volta giocammo bene, ma la seconda, un po' perché io attaccai con la storia degli angeli neri, un po' perché i rumori che venivano di là sotto glieli volevo spacciare per le grida di mio nonno che mi chiedeva di aiutarlo a uscire, disse: sei proprio scemo e se ne scappò.

L'estate finí che mi sentivo solo e io stesso pensavo, mentre spiavo il balcone ancora vuoto della

milanese, che probabilmente Lello aveva ragione,
ero scemo. Forse, con dolore, lo pensava anche
mia nonna, che da qualche giorno aveva smesso
di incoraggiarmi e se mi vedeva alla finestra diventava piú scura del solito, scambiava sguardi
preoccupati con mia madre che, preoccupata a
sua volta, mi diceva: t'ho comprato *Tex* e anche
Il Piccolo Sceriffo, va' a leggere, va'. Io leggevo
Tex e Kit, ma appena comparivano Lizzie con le
trecce e Flossie senza, tornavo alla finestra.

Ai primi di settembre incontrai Lello e buttai lí:

– Questa villeggiatura quando finisce?

– Che villeggiatura?

– La villeggiatura della milanese.

– Tu stai ancora a pensare alla milanese?

– Tu no?

– Non ci posso credere che non sai niente.

– Che devo sapere.

– C'era il mare coi cavalloni e la milanese è af-
fogata.

Ebbi una reazione esagerata. Mi sembrò di perdere le gambe, sentii che se ne andavano via lasciandomi soltanto il busto e la testa. Fu un'e-
sperienza del tutto nuova. Mi si appannò la vista, ebbi un colpo di disgusto allo stomaco come
quando vedevo nel piatto un po' di prezzemolo
e mi sembrava una mosca morta. Caddi svenuto
prima addosso a Lello e poi per terra.

Fu il mio amico a tirarmi su, ma senza spaven-
tarsi, aveva una sorella piú grande che sveniva
spesso. Disse:

– I maschi non svengono, sei una femmina.

12.

Non ricordo se ci fu un gran parlare della morte della milanese, ho in mente solo le parole di
Lello, sull'argomento non trovo niente prima e
niente dopo. A volte la sentivo che gridava bre-
vissime frasi armoniose nella sua bella lingua e
andavo alla finestra, ma lí, al secondo piano, non
compariva nessuno.

Cominciò a piovere, la pioggia me la ricordo bene, mi è sempre piaciuta. Piovve sul pavimento del
balcone annerito di polvere, il vento portò via piccoli petali bianchi, rossi, rosa. L'acqua sgocciolava
dai davanzali, correva lungo il marciapiede trascinando foglie e cartacce nel buco delle sajettère. Mi
incantavano soprattutto le gocce che si formavano
sul filo dove mia nonna stendeva i panni. Le fissa-
vo, cosí linde, e aspettavo che si staccassero piano,
tenendosi fino allo stremo con una mano liquida.

Mi uscí del tutto di mente il progetto di andare
a riprendermi la bambina, in caso di morte, giú
nell'oltretomba. Non fu trascuratezza o insensibi-
lità, ma cattiva salute. Dopo quella notizia che mi
aveva dato Lello e dopo lo svenimento, ebbi una
serie di febbri che mia nonna definí di crescenza. Ricordo incubi nel corso dei quali uccidevo
angeli con le penne nere maneggiando alla perfezione la spada di mio nonno. Spesso, nel delirio,
guardavo estatico la milanese alla fontanella, ma
all'improvviso l'acqua che stava bevendo si mu-
tava in un mare in tempesta con cavalloni gialli

sotto un cielo di sabbia. Mi agitavo in modo particolare quando scoprivo che era diventata sottile come certe nuvole. Il solo vederla a quel modo mi assottigliava fino alla trasparenza, e questo mi metteva una grande paura.

Quelle febbri di crescenza non mi lasciarono in pace per parecchi mesi: guarivo, tornavo a scuola, mi ammalavo e soprattutto ero sempre nervoso, con la testa per aria. In quello stato ogni tanto davo uno sguardo al balcone e scoprivo che era sparito qualcosa: le vecchie cassette della frutta, gli arnesi per spazzare e lavare, un mobile giallino. A un certo punto mi sembrò che quello spazio una volta cosí affollato di gesti graziosi e passi di danza fosse, pur senza coperchio, piú scuro e impressionante della fossa dei morti. Cosí la lastra di pietra nel cortile smise piano piano di causarmi la vecchia trepidazione. L'ultima volta che passai di lí a titolo esplorativo, qualcosa si slanciò dal fondo contro il coperchio. Ci fu un urto violentissimo che fece vibrare catena e catenaccio, ma non mi venne nemmeno di scappare. Aspettai per vedere se succedeva altro, non successe niente e me ne tornai a casa.

Seguí un periodo lungo, lunghissimo, durante il quale un giorno mi ricordavo della cassetta sotto il letto di mia nonna, un altro giorno rievocavo non solo il bastone ma i vestiti di mio nonno, la cravatta corta, la camicia, il fazzoletto nel taschino, un altro giorno ancora, senza apparente connessione, mi concentravo su una veste bianca della milanese al sole, una collanina che le avevo visto al collo mentre beveva.

In una certa occasione chiesi a mia nonna di mostrarmi tutto quello che conservava del suo sposo. Poiché le febbri mi stavano facendo crescere cosí tanto che lei pareva preoccupata, diceva che sarei diventato lungo fino al soffitto, non fece resistenza, mi mostrò ogni cosa subito. Scoprii cosí che in quella cassetta non custodiva niente di memorabile, solo vecchie foto delle sue sorelle, qualche documento per me ininteressante e il fermacravatta nemmeno d'oro che compariva in quell'unica foto marroncina col marito. Le chiesi conto della roba del nonno: i calzoni, la giacca, la camicia, le scarpe, i calzini, le mutande, gli arnesi di muratore, il bastone dov'erano finiti? Si confuse, sentí che la stavo mettendo sotto accusa per una colpa che non era chiara a lei e nemmeno a me. Diventò grigia, non rispose, e mi arrabbiai per come non aveva avuto nessuna cura per le cose che avevano contenuto e in qualche modo trattenuto il marito accanto a lei, prima che finisse sotto le nuvole, la pioggia, il vento della fossa. Le hai buttate, le chiesi sempre piú ostile, le hai regalate ad altri, te le sei vendute? Oggi so che in quell'occasione le diedi un grande dolore, ma del suo dolore, allora, non mi importava niente, ho avuto per molto tempo una furia che non si attenuava. Pensavo al balcone della bambina, alle bambole, alle scarpine chiuse e ai sandali, alle vesti e magliette e nastri per fermare le trecce, tutta roba che doveva essere rimasta vuota, o senza contatti e odori, e quindi alla fine l'avevano data via.

Decisi che per tutta la vita non mi sarei fatto comprare piú niente, anche se la crescenza mi rimpiccioliva i panni addosso. Avevo la giacchetta con le spalle sempre piú strette e le maniche sempre piú corte, ma che m'importava, tutto doveva consumarsi fino alla lacerazione. Ah sí, che senso aveva lavarsi, strigliarsi, mettersi tutt'alliffàto, se un giorno si usciva di casa per fare il fravecatóre e ti sfracellavi, se un'estate si andava in villeggiatura e affogavi. Volevo dedicarmi a una vita di deperimento, e mi infastidiva sempre piú mia nonna che trascurava i miei fratelli e favoriva me in tutti i modi. Diceva a mia madre e a mio padre, ma come se non parlasse con loro: chistuguagliónenunpoghíascòlaccussí, e voleva che comprassero scarpe nuove o mi portassero dal barbiere perché avevo troppi capelli e stralunghi. I miei genitori facevano finta di non sentire, i soldi erano pochi, godevo senza problemi del consumarsi d'ogni cosa mia. Volevo sdrucirmi e sbrindellare anche nel corpo.

13.

Logorai di proposito, credo, anche la mia fama di scolaro bravino. Alle medie passai a compiacermi di non andare bene a scuola. Quasi ci godevo a contraddire la chiaroveggenza del maestro Benagosti, il suo era stato un esercizio di previsione molto impreciso. Non si sapeva quanto ci sarebbe voluto perché la profezia si avverasse, le grandi imprese che mi attendevano erano sempre piú vaghe. Senza nemmeno rendermene conto ero passato da quelle cavalleresche alle esplorazioni del polo Nord e di quello Sud, alla possibilità di farmi missionario e dedicarmi ai derelitti del mondo. Ero stufo, non mi potevo conservare sotto spirito per cose per le quali, temevo, non si sarebbe mai data veramente l'occasione.

Intanto il balcone si era riempito di altri inquilini, ragazzi tutti maschi, di nessun interesse. E meno male che subito dopo cambiammo casa, e cambiò di conseguenza anche il paesaggio che si vedeva dalle finestre. Intervennero nuove abitudini dello sguardo, mi innamorai spessissimo. Restai comunque trasandato in tutto, con gli amici, negli studi, a passeggio per la città nei giorni festivi. L'amore mi infiammava ma subito me ne scordavo. Spesso serviva solo a fare versi e racconti.

Per ragioni misteriose, infatti, la scrittura mi pareva l'unica cosa che potessi lasciare, alla mia morte, senza un'impressione di spreco. Esprimevo con poesiole e storielle soprattutto quel bisogno di perire prima che i fallimenti e le delusioni mi portassero in ogni caso al deperimento. Il risultato era in genere sconsolato e perciò, secondo me, buono. Tenevo i fogli in una scatola di metallo che, a imitazione di mia nonna, nascondevo sotto il letto. Temevo che mio padre, leggendo, scoprisse la mia vera carenza di poeta e narratore, cioè gli errori d'ortografia, grammaticali, sintattici, e mi umiliasse.

Passarono gli anni a questo modo, e scrivere qui «passarono gli anni a questo modo» può sembra-

re una scorciatoia, ma in effetti successe proprio
cosí: gli anni passarono chiusi in un unico blocco
compatto dentro cui feci e pensai sempre le stesse cose, o almeno cosí mi parve. Ci furono tutto
sommato solo un paio di eventi rilevanti. A sedici anni litigai con il professore di italiano perché
in un tema mi aveva segnato con un frego blu il
verbo puntellare. Che mi si piantassero grane per
l'italiano delle interrogazioni orali passi ma, pur
conoscendo le mie carenze, trovavo insopportabile che si avesse da ridire su un erroruccio e si
trascurasse l'armonia dell'insieme. Poiché dell'ortografia, almeno in quel caso, mi sentivo sicuro,
andai a protestare.

   – Perché me l'ha segnato blu?
   – Non lo capisce?
   – No.
   – Legga un po' ad alta voce.
   In quel testo avevo romanzato sul primo cer-
chio dell'Inferno, lessi:
   – La luce livida si distendeva sul praticello pun-
tellato di fiori, dove gli spiriti magni facevano
conversazioni molto intelligenti.
   I bravi della classe già sorridevano perfidi. Il
professore chiese:
   – Puntellato di fiori?
   – Sí.
   – Lo sa cosa significa puntellare?
   – Tutto puntini.
   Risate esplicite dei bravi.
   – Mio caro amico, quello è punteggiare. Per
puntellare non ci vogliono i puntini, ma i puntelli.

Mi amareggiai molto. Dire sciocchezze in chimica mi lasciava indifferente, ma quando scrivevo volevo almeno qualche lode. Senza contare che in quel caso si trattava di un tema su Dante, autore che ormai – nel caso che non riuscissi a compiere grandi azioni pratiche e fossi costretto a ripiegare sulla letteratura – m'ero scelto a modello. Devo migliorare il mio vocabolario, mi ripromettevo dopo figuracce come quelle, e soprattutto devo avere pensate letterarie fuori dal comune.

Ne ebbi una l'anno seguente, mentre leggevo il Purgatorio. La pensata aveva come punto di forza mia nonna, anche se i nostri rapporti erano un po' cambiati. Certo, seguitava fastidiosamente a favorirmi nella distribuzione del cibo; certo, era in ansia permanente per la mia salute; certo, metteva in atto strategie che mi assicurassero in famiglia agi persino superiori a quelli di cui godeva mio padre. Ma come se a partire dai dodici o tredici anni fossi miracolosamente diventato piú vecchio di lei, le era venuta, in aggiunta, una specie di soggezione nei miei confronti. Dava per scontato che considerassi stupida ogni sua parola, non mi raccontava piú sentimenti suoi e fantasie, aveva sommato all'affetto fuori misura un compiaciuto senso di inferiorità, come se godesse a sentirsi meno di niente in mia presenza e perciò mi concedesse volentieri il diritto di comandarle qualsiasi cosa, anche l'assassinio di mio padre, nel caso mi facesse soffrire. Un pomeriggio, quindi, andai da lei, che se ne stava assorta accanto alla finestra – sempre piú bassa, mentre

io ormai ero altissimo –, e le chiesi, un po' ridendo, un po' sul serio:

– Mi vuoi bene?

Quella domanda, in passato, l'aveva fatta spessissimo lei a me e mai io a lei. Mi disse, preoccupata dalla novità:

– Sí.

– Veramente?

– Veramente.

– Allora giura che quando muori, se vedi che
dopo la morte esiste qualcosa, vieni a raccontarmi tutto per filo e per segno.

Diventò grigia, dovette trovare che le stavo dando un ordine troppo difficile da eseguire. Disse:

– Esinummefannovení?

Discutemmo e alla fine lei promise. Ma non fu
facile strapparle la promessa: i santi, la Madonna,
Gesú, Dio, per lei erano entità reali, si rivolgeva
a loro con devozione, le dispiaceva nel caso gua-
stare i rapporti. Io invece tendevo ormai alla mi-
scredenza e dietro il tono mezzo sfottente della
mia richiesta c'era il progetto di fare chiarezza su
terreno e ultraterreno. Se mia nonna, una volta
morta, fosse tornata dall'aldilà con una ricca de-
scrizione di inferno purgatorio e paradiso, mi sarei regolato di conseguenza, casomai facendomi
monaco. Se invece lei – che pur di accontentar-
mi, tira e molla, aveva acconsentito a disobbedi-
re anche a Dio – non avesse inviato nemmeno un
segnale, avrei dedotto che non esisteva niente di
niente oltre la morte e tutto era destinato a farsi e
disfarsi ottusamente, compresa la milanese di cui

ormai non mi ricordavo quasi piú. Naturalmente sia che mia nonna tornasse con un abbondante materiale ultraterreno di prima mano, sia che tacesse per sempre confermandomi il Niente, contavo di scrivere un racconto indimenticabile dentro cui, nel caso, avrei ficcato in forma di ormai sbiadita fantasima anche lei, la bambina di Milano.

14.

Una volta strappata tra risatelle e cupezze quella promessa, accantonai ogni problema religioso e mortuario. Mi dedicai invece a un po' di studio, a prove letterarie in altri settori dell'umano, a peregrinazioni notturne che non tenevano in nessun conto come la mia povera nonna non chiudesse occhio se non mi sapeva a casa e a letto. Poi presi la licenza liceale e imboccai la strada dell'università, luogo misterioso dove nessuno dei miei antenati aveva mai messo piede nemmeno per sbaglio.

Persi tempo, all'inizio, non sapevo a quale facoltà iscrivermi. In un primo momento mi rivolsi a Ingegneria per far contento mio padre, che mi voleva ingegnere delle ferrovie. Poi pensai a Matematica, perché avevo appena conosciuto una ragazza che faceva Matematica, mi ci ero fidanzato e non volevo sembrare meno intelligente di lei. Infine scelsi Lettere, facoltà che mi parve la via migliore per diventare in breve tempo il piú grande scrittore del pianeta.

A questo scopo lessi giorno e notte, in edizioni

malconce che avevo preso sulle bancarelle, parecchi autori dell'antichità, numerosi romanzi, romanzoni e romanzacci scritti tra Sette e Ottocento, e non pochi giganti delle patrie lettere, da Guido Cavalcanti a Giacomo Leopardi. Mi sarei dedicato volentieri a qualcosa di piú recente, ma poiché non avevo soldi per comprare letteratura contemporanea fresca di stampa, non valicai quasi mai il diciannovesimo secolo e tirai avanti benino. Studiare per la scuola mi aveva sempre un po' annoiato – le date, le note a pie' di pagina, i compiti, i voti –, ma leggere adesso tanto per leggere, e interrompere la lettura solo per l'urgenza di scrivere a mia volta canti, cantiche, canzoni e decameroni, mi sembrò un bel progetto di vita. In ogni occasione mi allenavo a suscitare in eventuali lettori, con gagliarde parole, pensieri di ribellione contro i potenti, buoni sentimenti verso i derelitti, all'occorrenza una risatella, stimolandoli cosí a spendere la loro vita per il bene dell'Italia e del mondo.

Ma non durò. L'università, forse piú della scuola, si rivelò nemica di quell'abbinamento di lettura e scrittura e dovetti accettare molto malvolentieri l'idea di sottopormi a esami, ritornare a memorizzare vite e opere, ripetere ad alta voce in buon italiano manuali di svariate storie e geografie. Passai cosí a estenuarmi per corridoi, per aule, cercando di capire il da farsi in mezzo a una folla di studenti girovaghi quanto me e probabilmente con le mie stesse spropositate ambizioni. Non sapevo niente di gerarchie di professori, corsi di studio, costi di libri e dispense, orari, firme di frequenza, fatiche per ottenere informazioni dalla segreteria o dai bidelli. Perciò andai per tentativi e in principio progettai di dare subito esami come latino, italiano, greco, tutti di familiare sonorità scolastica. Ma erano lezioni gremite, non si capiva granché, i libri risultarono ponderosi e di costo elevato, ripiegai su materie – papirologia, glottologia – che avevano il merito di proporre pochi smilzi testi da studiare, e non troppo costosi.

Ci fu, comunque, anche un'altra cosa che mi spinse in quella direzione. Papirologia e glottologia erano vocaboli che non avevo mai sentito pronunciare prima, non dico a casa mia ma a scuola, e appropriarmene mi sembrò un modo per segnalare ad amici, parenti e alla nuova fidanzata una sorta di mia finezza culturale.

– Che esame darai?
– Papirologia.
– Ah.
– Sí.
– E poi?
– Glottologia.
– Ah.
– Sí.

Cercai insomma di sembrare uno che sa organizzarsi il futuro con lungimiranza. Ma di fatto non mi stavo organizzando un bel niente, avevo in testa solo fantasticherie, e oggi mi sentivo sulla buona strada, il giorno dopo ne dubitavo. Forse non avevo nessuna vocazione per lo studio. Forse non sapevo studiare, non imparavo bene e non scrivevo cose esaltanti. Forse sarei rimasto per sempre senza gloria, mal vestito, scapigliato, oppresso come uno studente della Russia zarista dalla fatica di racimolare soldi per i libri universitari dando lezioni a giovinetti appena appena piú ignoranti di me. Vivevo in ansia, insomma, e mi sentivo spesso come se mi tenessi solo con le unghie in cima a una parete di vetro e fossi sul punto di scivolare in basso, verso una melma scura, con uno stridío insopportabile.

Però stavo attento a non darlo a vedere a nessuno, nemmeno alla mia fidanzata. Usavo con chiunque, soprattutto con lei, un tono stabilmente divertito che avevo cominciato a mettere a punto già intorno ai quindici anni, e ormai ero capace di esprimermi solo a quel modo, qualcuno mi trovava addirittura di buona compagnia, lei non ne parliamo. Eppure non c'era giorno in cui non desiderassi andare in una stradina solitaria e, senza nessun motivo evidente, disperarmi come non mi era successo nemmeno da bambino, tirare pugni e calci all'aria, mettermi a piangere anche solo per un minuto. La stradina adatta l'avevo trovata – era di lato alla stazione ferroviaria – e qualche volta ci andavo, ma sfogarmi non era cosa per me, non ci riuscivo.

15.

L'unica con cui mi mostravo nervoso o insofferente e che, malgrado la mia ingratitudine, continuò a rassicurarmi ogni giorno, finché visse, con il suo puro e semplice essere negli spazi deputati – la cucina, il lavandino, i fornelli, il tavolo, la finestra –, senza esprimere mai il minimo dubbio sul mio destino clamoroso, fu naturalmente mia nonna. L'iscrizione all'università moltiplicò la soggezione nei miei confronti e, contemporaneamente, ogni manifestazione possibile di idolatria. Mi portava il caffè al risveglio e mi contemplava in piedi, accanto al letto, senza dire una parola, in attesa che le restituissi la tazzina. Se parlava, era solo per lodare me e il miracolo di ogni mia parola o azione. L'unica volta che portai a casa, per pochi minuti, la nuova fidanzata, nessuno fece commenti – genitori, fratelli – come se le mie vicende sentimentali fossero normali pioggerelle primaverili. Lei soltanto, che era come un arredo della casa, e alla quale quindi non avevo presentato la ragazza, sussurrò: quantsitebellillitutteddduie.

In un'unica circostanza, di ritorno da una delle sue non numerose sortite nel mondo extradomestico, mise insieme un discorso un po' piú ampio, simile a quelli che mi faceva da piccolo. Normalmente usciva o per fare la spesa o per andare al cimitero e occuparsi della tomba del marito. In entrambe le occasioni metteva un abito scuro – l'unico che avesse di qualche rappresentanza – e soprattutto indumenti intimi con rammendi fatti ad arte perché non voleva morire per strada ed essere sorpresa in disordine. In genere non le succedeva niente di rilevante e tornava solo un po' stanca e di malumore. In quell'occasione, invece, riapparve energica e contenta, mi tirò subito da parte e mi raccontò che era stata al cimitero per comprare al nonno, in aggiunta alla normale lampada votiva davanti al loculo, un pezzotto di legno con due lampadine in modo che anche lui potesse festeggiare la santa Pasqua con un po' di luce in piú. Senonché il giovane addetto alla vendita della luce, solo a vederla, aveva esclamato: signora, che piacere, vi ricordate di me? E si era presentato: era nientemeno che il mio compagno di giochi, Lello. Saluti, baci, Lello le aveva fatto persino uno sconto e, accomiatandosi, le aveva segnato su un pezzo di carta il suo numero di telefono raccomandandosi perché mi facessi sentire.

Mia nonna mi diede diligentemente il foglietto, ma dovetti scoprire che il mio compagno di giochi non le era mai stato simpatico. Non lo chiamare, mi consigliò. Lello, secondo lei, faceva tanto il perbene, da bambino, parlava in italiano, tutto il caseggiato lo riteneva bello. Ma in confronto a me era bruttissimo, e in piú perfido, aveva la bicicletta e mi faceva soffrire perché io non ce l'avevo.

Non ricordavo di aver mai sofferto per la bicicletta di Lello e glielo dissi. Ma lei evidentemente aveva sofferto al posto mio senza che me ne accorgessi, e soprattutto non aveva potuto sopportare che quel bambino mi facesse ombra. L'amico tuo – disse – si credeva di essere meglio di te, ma opatatèrno è giusto, otiempeppassàto e ch'è addivintàto? Lello non era diventato niente ed era questo dato di fatto che la metteva di buonumore: il mio compagnuccio faceva l'elettricista al cimitero e io invece andavo all'università. Insistette: nunnotelefunà, ènustrúnz.

Le diedi retta, ma non per spocchia, non per assecondare il suo senso di maligna rivalsa – anche se alla fin fine non riuscivo a ricacciare indietro nemmeno io un minimo di soddisfazione –, ma perché, proprio nel momento in cui aveva pronunciato il nome di Lello, era riapparsa dopo quasi dieci anni la bambina di Milano. L'apparizione era durata un attimo, due, l'avevo vista sul balcone, alla fontanella. Chi se ne ricordava piú cosí nel dettaglio, la sua vita mortale mi era del tutto passata di mente, e invece ecco che tornava a sorpresa dalla morte. Oh lo so che oggi «vita mortale» è un'espressione desueta, e giustamente. Evoca il teschio con le tibie sopra la boccetta del veleno, suggerisce che il veleno sia la vita stessa, e soprattutto, per usarla con convinzione, bisogna aver fiducia nel suo rovescio: la vita immortale. Ma, di questi tempi, all'immortalità chi crede sul serio? Questa ipotesi s'è indebolita e perciò anche l'abbinamento tra «vita» e «mortale» è sbiadito, l'aggettivo ai piú – anche a me – sembra o sinistro o semplicemente pleonastico. Allora invece – era il 1962? – rievocare la bambina al tempo della sua vita mortale mi sembrò d'uso comune e la milanese – quasi un brivido immotivato dopo un soffio d'aria calda – diventò subito viva.

Me la conservai cosí nella testa per un'ora, un giorno, due, ma non si stabilizzò. Successe – per capirci – che guardavo le ragazze per strada, quelle sui diciott'anni, e pensavo: se fosse vissuta, se avesse avuto la sua crescita, sarebbe diventata cosí? Ma durava pochi secondi, poi i corpi concreti, pieni di vita in atto, cacciavano subito via il suo, una miccia troppo corta. Qualcosa di simile – mi ricordo – accadde una sera, mentre stavo per addormentarmi. La vidi prescindendo da ogni modello di giovane donna vera o inventata. Sedeva sul mio letto, un ghirigoro di bambina-adulta, e mi parlava in una lingua che non capivo, forse era inglese ma pronunciato bene, non l'angloitalonapoletano che mi sforzavo, tra me e me, di parlare io. Stetti a sentire con estrema attenzione, non capii niente e la persi nel sonno.

Questo per dire che tornò come tornano i segnali stradali, quelli a triangolo che, mentre guidi tutto rilassato, ti annunciano con uno spintone nel cervello la svolta pericolosa, gli animali vaganti, il passaggio a livello incustodito, e tu per un istante fai attenzione, poi li cancelli e non ci pensi piú. Mentirei, perciò, se affermassi che buttai via il numero di telefono di Lello per ricacciare nella morte la milanese. La ragione, credo, fu piú generale. Dovetti pensare che se pure gli avessi telefonato, non avrei saputo cosa dirgli, a parte le chiacchiere su quando eravamo piccoli. A diciannove anni non avevo ancora nessuna voglia di rievocare l'infanzia, anche solo pensarci mi dava un senso di vergogna, come del resto l'adolescenza. Ero convinto di essere stato, in quelle fasi della vita, sprovveduto e ridicolo, quindi c'era poco da rievocare e intenerirsi. Sotto sotto, avrei preferito essere venuto al mondo intorno ai diciassette anni, evitandomi le sciocchezze dei primi sedici.

16.

Comunque anche quegli ultimi due anni mi parevano vita incerta, sempre prossima a regredire, e sentivo il bisogno di un po' di sostegno per non spaurirmi. Sicché, tutto sommato, anche mia nonna mi andava bene. Quel suo pendere dalle mie labbra e dal mio umore era come l'olio di fegato di merluzzo, di cattivo sapore ma ricostituente. Ogni volta che uscivo di casa, mi faceva tre timide domande. La prima era:

– Addovàie?

Rispondevo infastidito:

– All'università.

La seconda era:

– Tuornammangià?

Rispondevo ancora piú infastidito:

– No, torno stasera, stanotte, nunnossàcce.

La terza – la piú deferente di tutte, quasi un sussurro – era:

– Chevvaiasturià?

Rispondevo lasciandola stordita:

– Papirologia.

Subito dopo infilavo la porta corroborato, scendevo saltellando le scale, costeggiavo l'affollatissima piazza Garibaldi e andavo a passo sicuro per il Rettifilo, fino all'università, fino appunto all'aula di Papirologia.

A seguire quelle lezioni eravamo in pochissimi, ma il professore non ci rivolse mai la parola. Me lo ricordo sempre di schiena, impegnato a comunicare la sua scienza soltanto alla grande lavagna rettangolare che aveva davanti e sopra la quale, mentre le parlava, scriveva bianco su nero informazioni sui papiri di Ercolano.

Si trattava sicuramente di lezioni molto competenti, ma io ero quel che ero e mi distraevo spesso. Una mattina successe che lui stava ragionando sulla difficoltà di srotolare quei reperti e io passai a pensare ai pericoli del Vesuvio, alle eruzioni in generale, a vocaboli come putizze, mofete e flussi piroclastici, al color pastello del familiarissimo vulcano ombreggiato di pampini che di colpo, nel bel mezzo di qualche danza di satiri gonfi di vino locale, si metteva a sfiatare l'inferno e la morte, tanto che soffocavano e bruciavano e si dissolvevano intere città con le loro pretenziose politiche, creature viventi le piú varie, ultime frasi mormorate o gridate, mentre per caso, assolutamente per caso, solo le parole scritte sui papiri carbonizzati e corazzati da roccia lavica – solo le parole senza suono di un epicureo defunto da tempo, l'ottimo Filodemo di Gadara coi suoi segni mortuari vergati su altra morte, quella delle verdi piante palustri rizomatose con cui si faceva carta egizia –, solo quelle duravano, pur bruciando, pur carbonizzandosi, e per secoli restavano in attesa paziente di essere lette, di ridiventare addirittura voce, oggi, domani, sempre.

Fu in uno di quei momenti di svagatezza che

la milanese tornò alla carica e provò a scavarsi un posticino piú stabile nella mia vita. Non so come successe. Forse fu l'immagine del Vesuvio sterminatore; forse fu l'idea che sul nostro pianeta ci sono continuamente decessi di singoli e stermini di massa cosí intollerabili che perfino gli dèi poi si rammaricano di esserseli permessi; forse fu semplicemente che avevo la testa piena di formule letterarie e cercavo occasioni buone per usarle. Fatto sta che la bambina di Milano irruppe questa volta con una forza che non aveva avuto quando l'aveva evocata il nome di Lello. E poiché a fine lezione mi aspettava in corridoio la mia fidanzata, non mi trattenni, le raccontai quella storia di sventura e dolore.

Le dissi tutto, meravigliandomi io stesso di quante cose ricordavo: i balletti sul davanzale, le piogge, i petali bianchi, i duelli, i deliri. E nell'italiano appassionato che parlavamo tra noi conclusi parecchio sopra le righe a questo modo: quasi tutto di quella bambina è perduto, ormai, e però oggi, mentre il professore faceva lezione, ho sentito che la milanese e la sua voce mi si sono conservate nella testa come su un papiro carbonizzato che una macchina – una specie di automa settecentesco – srotola delicatamente restituendomi il racconto del tumultuoso primo amore.

La fidanzata scienziata si chiamava Nina e aveva un coloratissimo sguardo mite. Mi ascoltò senza interrompermi mai, sicuramente un po' stupita. Fino a quel momento mi aveva conosciuto come un giovane divertente, e si era innamorata di me

– credo – per la mia tonalità ironica, per il mio volgere tutto in operetta. Dopo quella tirata dovette intuire, però, che ero un po' altalenante, quasi un'altra persona che, mescolando il Vesuvio, Pompei, Ercolano e una bambina milanese, era capace di allestire una sua personale apocalisse medio-bassa. Si riscosse, disse quasi commossa:

– Che brutta esperienza.

– Sí.

– Quanti anni avevi?

– Nove.

– E lei?

– Otto.

– Povero amore mio.

– Sí, ma è passato tanto tempo.

– Però ha lasciato il segno.

– Non profondo, ero un bambino, ma un po' sí.

Gli scambi verbali furono grosso modo di questo tenore, affettuosi, cortesi. Stavamo provando a diventare giorno dietro giorno una giovane coppia di neocolti che sapevano mescolare eros, papirologia, glottologia e un pizzico – ma proprio un pizzico – di algebra. Nina aveva la mia stessa origine, nessuno della sua famiglia era mai andato oltre le elementari. Di conseguenza, e con qualche eccesso da parte mia, cercavamo entrambi di inventarci di sana pianta un nostro modo riflessivo, studioso, di stare insieme e desiderarci. Spaziavamo molto. Parlavamo di libri, di film, di teatro, e di tanto in tanto ci spenzolavamo un po' anche su cose come la lotta di classe, l'impero americano, il razzismo, la decolonizzazione e la distruzione del genere umano a causa della imminente guerra atomica. Ma erano tutti temi da approfondire, io ne sapevo meno che di papirologia e glottologia, forse anche Nina. Sicché finivamo sempre per trovarci piú a nostro agio quando ci occupavamo di sentimenti e problemi di coppia. La questione che esplorammo maggiormente, proprio in quel periodo in cui le raccontai della bambina, fu la fedeltà. Lei propendeva per la fedeltà assoluta.

– Non sopporto il tradimento, – disse una volta incrinando appena appena la sua mitezza.

– Mi importa poco della fedeltà, io sono per l'onestà.

– Cioè?

– Nel caso mi piaccia un'altra, te lo dico.

– Prima o dopo il tradimento?

– Prima, se no dov'è l'onestà?

– Non sono d'accordo.

– Preferisci che te lo dica dopo?

– No. Ti devo piacere solo io e per sempre, se no è meglio che ci lasciamo.

Ma anche quelle conversazioni presto o tardi raggiungevano un limite oltre il quale non sapevamo andare, e allora lasciavamo perdere, tornavamo casomai alla milanese. Nina infatti, vuoi per reale interesse, vuoi per compiacermi, ogni tanto mi faceva qualche domanda a proposito di quel mio trauma. Ero contento. Piano piano mi accorsi che piú ne parlavamo, piú la bambina riacquistava un pochino di vita. In una certa occasione la mia fidanzata mi chiese:

– E giocava sempre da sola?
– Sí.
– E ballava?
– Sí.
– Sul davanzale?
– Sí.
– Era brava?
– Sí.

Il dialogo stava all'incirca a questo punto, quando si ingarbugliò in modo inatteso. Per giustificare il peso che davo a quella storia, dissi con qualche esagerazione che consideravo la milanese il calco di fidanzata da cui avevo ricavato tutti i miei amori, una sorta di modello di base senza il quale forse non mi sarei nemmeno accorto di essermi innamorato di lei. Nina mi ascoltò con molta attenzione, mormorò:

– Hai detto una cosa che mi fa un po' paura.
– Cosa?
– Che mi metti in relazione con la bambina morta.
– È per farti capire quanto ti amo.
– Sí, ma mi fa impressione lo stesso. La bambina è morta bruciata?
– No, annegata.
– Allora che nesso c'è con Ercolano e i papiri?
– La condizione umana, la distruzione, la memoria.
– Non mi pare bello che mi associ a un ricordo cosí penoso.
– La letteratura è piena di casi del genere.
– Anche la vita infelice delle coppie.

Quell'ultima battuta mi sembrò un campanello d'allarme, mi ripromisi di tornare in futuro il meno possibile sull'argomento. Tenevo molto alla mia fisionomia di giovane amabile che sa alleggerire il peso dell'esistenza. Perciò feci un po' di sciocchezze tipo saltare battendo i tacchi in aria – esercizio che le piaceva – e lasciai che mi accompagnasse a Glottologia.

17.

Avevamo ormai le nostre abitudini. Io l'andavo a prendere a Matematica, lei mi aspettava all'uscita di Papirologia e spesso veniva con me fino al Cortile del Salvatore. Mi pareva, allora, di amarla piú di qualunque materia di studio e quindi, per intrattenermi il piú possibile con lei, facevo quasi sempre tardi a lezione.

Glottologia era un corso non affollatissimo, ma nemmeno spopolato: se tardavo, trovavo posto solo nell'ultima fila. Ora, di norma, seguire la lezione nell'ultima fila o nella prima non avrebbe dovuto fare grandi differenze, ma il professore – sulla cinquantina, dunque ancora nel pieno delle forze – parlava con un tono di voce cosí fievole che pareva aver deciso di fare lezione solo a chi sedeva in prima fila. Si protendeva verso i piú ligi ed emetteva un indistinto ma suadente ciuciuciú, ricco di sapere glottologico ed etimologico che a noi ritardatari non arrivava in nessun modo. Infatti dopo dieci minuti rinunciavamo a

tendere l'orecchio e, nel corso della lezione, facevamo nuove amicizie, ci scambiavamo indirizzi e
numeri di telefono, organizzavamo feste da ballo.

Riuscii perciò a orecchiare qualcosa soltanto le
rare volte che guadagnai un posto nella seconda o
terza fila, e in quelle occasioni capii che il professore teneva in modo particolare ai toponimi dell'A-
bruzzo e del Molise, specialmente quelli compo-
sti da due sostantivi o da sostantivo piú aggettivo,
come ad esempio Monteleone e Campobasso. Ma
appresi anche che la lingua è mobile, la voce suona
e consuona in modi ben piú numerosi di quelli che
i ventuno segni dell'alfabeto riescono a catturare,
si andava sempre piú imponendo la necessità di in-
ventarne di nuovi, per esempio una specie di zeta,
una esse maiuscola ma piú snella, una e capovolta.

Ancor piú che a Papirologia, mi bastarono quei
pochi accenni per partire, come si dice, per la tan-
gente. Lo testimoniano i miei quaderni di quel primo anno d'università, zeppi di appunti esagitati.
L'Abruzzo e il Molise – territori mai visti – diven-
tarono per me un dettagliato paesaggio di roccia
liscia o scabra o dal profilo seghettato, zeppo in
primavera di un verde a grandi bozzi di fogliame
e fiori, o striato di rami secchi d'inverno, neri,
giallastri, e sempre tagliato da strisce grigioazzurre
d'acqua a cascata che poi scivolavano tra i monti,
per il fondo delle valli, a volte perse dentro piatte
paludi o nere grotte, piú spesso d'un ribollío veloce e schiumeggiante, il tutto screziato da canti
variopinti di uccelli e da un vocío di umani inse-
diati qua e là a branchi, in luoghi esposti il piú

possibile al sole per scaldarsi bene, sul monte o
nella valle o in uno spiazzo accanto alle spelonche
o presso il torrente, il fiume, il fosso, il canale, il
larice che fa vimini, il pesco, la pescaia, gli sterpi,
plurale metatetico: streppi, tanto che quegli umani cominciavano a dire, quando si incontravano,
io sto a valle, io sto a monte, io sto al torrente, e
cosí, di voce in voce, di generazione in generazione, finivano per abitare, loro e i loro discendenti,
fino a oggi, in posti che si chiamano Vallocchia
della Grottolicchia, Solagna della Foia, Stroppara
di Fosso Vrecciato, come noi a Napoli, Nea Polis,
la città nuova, a passo svelto per il Rettifilo, un
filo teso, o annoiati per Mezzocannone, la metà
– inventavo tra me e me – di un'arma da guerra
che spara mezze palle di ferro.

Ma, devo dire, mi interessai soprattutto alle lingue in generale, ai loro suoni soffiati da una tempesta di vento dentro il cavo orale, al frangersi
delle onde sonore in scaglie infinitesimali contro
i denti, a come la gran parte dei fiori della voce
sboccia nell'aria e appassisce senza alcuna pronta scrittura, mentre il resto trova sí un posticino
nell'alfabeto, ma instabile, dura solo un po': una
grafia caccia via la precedente, perché l'amanuen-
se è emiliano o, che so, calabrese, o napoletano,
e pronuncia in modo diverso dall'autore toscano
o ligure, e allora, tanto per dire, etterno diventa
eterno, sanza diventa senza, schera prende una
i e si cambia in schiera, insomma vecchie forme
precipitano penosamente nel nulla quando invece parevano intramontabili abitudini della pen-

na, grafie di gente colta che aveva scritto fiduciosamente etterno con sangue pulsante, cervello fino, a lume di candela, e poi via una t, di quella t non si sentiva piú il bisogno, ecco che oggi se scrivi etterno ti becchi un frego blu, è un errore d'ortografia.

Captai anche qualcosa sulla classificazione dei fonemi, scoprii che aeioú era solo una cantilena delle elementari, imparai che le vocali erano ben piú dense, c'erano quelle fondamentali – i, a, u – e quelle intermedie – e, o –, e le sfumature tra i e a, tra a e u, erano teoricamente infinite. Quando scrivo i – annotai –, a quale specifica vibrazione della i rimando, a quale posizione della lingua nella bocca mi riferisco? E quei segni – la i, la a, la u – non sono troppo poveri, non tengono fuori dalla scrittura, a causa della loro insufficienza, metalli fonici impercettibili, filamenti colorati della voce? Vidi, mentre il professore parlava, tante lamine di suono argentino – sto sempre copiando dai miei appunti di allora – cesellate dalla motilità della lingua nella bocca, articolazioni o esplosioni di fiato piú colorate di quanto le aveva colorate Rimbaud nel sonetto delle vocali. E pensai che tutto quel metallo, tutto quel colore che da sempre restava fuori, io avrei potuto catturarlo grazie all'alfabeto arricchito con la grafia fonetica. Quella grafia fu una scoperta, il professore scrisse qualche segno alla lavagna. Ah, com'erano promettenti tutti: ð Ш Θ ŋ ʕ ʮ ɸ ʂ ç ɹ j. Non vedevo l'ora di padroneggiarli e capire a quali usi letterari piegarli, inventandone se necessario di nuovi.

Era un periodo in cui mi accendevo facilmente, mi coprivo di sudore, il sangue mi correva nelle vene a gran velocità. Quando incontrai Nina, dopo una di quelle lezioni, le scrissi su un foglio: ę ę ö ü ɛ ɑ ɔ ʉ. Lei fece uno sguardo cosí: ?

18.

Tutto quello che apprendevo glielo riassumevo. A Nina riassunsi anche quelle lezioni, o forse addirittura le declamai gli appunti, e lei mi stette a sentire con attenzione. Ma è probabile anche – oggi penso – che facesse finta. Ho imparato da un pezzo che persino le persone che ci vogliono bene fanno fatica a ricacciare indietro se stesse per lasciare spazio alle nostre smanie di centralità. Allora invece non avevo dubbi che Nina gioisse quando la travolgevo con le mie stupidaggini. Ero sicuro di aver trovato una persona che credeva alla mia natura eccezionale persino piú di mia nonna e sicuramente piú di me.

La realtà naturalmente era piú complicata. Nina usciva da lezioni che le riempivano la testa di formule, con tutta probabilità avrebbe voluto raccontare di algebra come io facevo con la papirologia e la glottologia. Ma poiché di algebra e di molto altro sapeva che non capivo niente, si comportava educatamente come se ci fosse una specie di filo spinato tra il lavorío matematico della sua mente e Filodemo di Gadara, i toponimi dell'Abruzzo e del Molise, gli arzigogoli sulle vocali, i

ghirigori della grafia fonetica. O piú probabilmente dava per scontato – nel 1962-63 era ancora
un po' cosí – che il suo compito di femmina fosse prestare molta attenzione a ciò che imparavo
io, di genere maschile, mostrare entusiasmo per
le formative materie umanistiche, divertirsi per le
spiritosaggini che producevo alternandole a frasi
sospirose, restare a bocca aperta quando facevo
osservazioni profonde.

Anche a quei tempi però non bisognava tirare molto la corda. Alcune mie annunciazioni ed
enunciazioni trovavano attenzione, altre solleci-
tavano sempre piú spesso, in quella ragazza mite,
un insospettato animo combattivo.

Provavo sempre piú una sorta di godimento nel
dimostrarle lo sfarinarsi persino di ciò che pareva
durevole e che amavo. Una volta venni fuori tutto agitato dall'aula di Glottologia e le dissi come
se ci minacciasse chissà quale pericolo:

– La lingua non è statica, la lingua si sgretola,
e con lei la scrittura.

– Anche le montagne, i pianeti, le stelle, tutto l'universo.

– Però all'affidabilità della scrittura ci tengo in
modo particolare e sapere che è fragile e insuffi-
ciente mi disorienta.

– Cioè?

– L'alfabeto non registra tutti i suoni, Nina.
Non puoi nemmeno immaginare la quantità di
cose che restano fuori.

– Forse te ne devi fare una ragione.

– Non è facile. Prendi la bambina di Milano.

Ricordo di lei pochissime parole che però sento ancora nitidamente in qualche area del cervello. Dentro quell'eco mi sembra che le sue vocali non coincidano per niente con le cinque solite, e temo che se chiudessi le sue rare frasi nell'alfabeto, quel po' di voce che ho nella memoria morirebbe definitivamente come è morta lei.

Mi oppose un silenzio scontento, poi disse:

– Ancora con la bambina annegata?

– Era solo un esempio.

– Sono un po' stanca delle eruzioni del Vesuvio, le lingue che franano, la scrittura che non ce la fa a tener dietro alle voci, tutto che si sgretola, tutto che deperisce.

– Non mi ami piú?

Ci pensò un attimo, poi scosse la testa, rispose:

– No, ti voglio bene. Però vieni qua, lascia perdere la morta di Milano e finché sono viva pensa a me.

Capii, quella volta, che si era scollata da noi due per un istante e mi aveva dato uno sguardo d'insieme da molto lontano, scoprendo che non le piaceva quel mio concedere sempre piú spazio all'ombra della milanese. Mi voleva come le avevo fatto credere di essere: uno di buon carattere, che non sale mai di tono anche quando dà forma alle sue ambizioni, che sa sempre gettare una luce lieta negli angoli inevitabilmente bui. Infatti mi disse in seguito: che ti sta succedendo, sei stanco, hai un po' di esaurimento nervoso, vogliamo parlarne? Era affettuosa ma anche in ansia e feci fatica a convincerla che stavo benissimo, che solo gli imbecilli riescono a essere sempre allegri. Certo, a volte sentivo la vita piena di morte ma – le assicurai – bastava dimenticarsi della bambina di Milano e passava.

Ci aiutò, in quel senso, un periodo di ben altre preoccupazioni. Nina mi annunciò che le mestruazioni non le venivano, era spaventata, mi spaventai. Non ci dormii la notte, mi vidi padre, basta con gli studi, basta con la letteratura, avrei dovuto trovare un lavoro qualsiasi per mantenere la famiglia. Trascorremmo parecchio tempo a immaginarci, mentre ascoltavamo desolati l'adagio di Albinoni, un matrimonio frettoloso, la gravidanza, il parto. Ma lei, meno male, si accaní a fare bagni nell'acqua bollente. Parevano inutili e invece ne uscí risanata, vale a dire con le mestruazioni.

Considerammo la cosa un miracolo, essere vivi ci sembrò meraviglioso, tornammo studenti innamorati. Ma una mattina, con mia sorpresa, fu lei a tirare di nuovo in ballo la bambina morta e lo fece con un tono sarcastico.

– Ti posso fare una domanda?

– Sí.

– Come mai la chiami sempre o la bambina o la milanese?

– Era una bambina di Milano.

– Ma un nome ce l'aveva?

La domanda mi disorientò, non ci avevo mai pensato. Come si chiamava la milanese? Possibile che non sapessi il suo nome? Possibile che conoscessi il nome di Filodemo di Gadara e fossi anche in grado di dire quando era nato, quando era

morto e che era epicureo, mentre non solo igno-
ravo come si chiamasse la bambina ma, a distanza di dieci anni dalla sua morte, me ne rendevo
conto per la prima volta? Ammisi:

– Certo che ce l'aveva, un nome, ma non l'ho
mai saputo.

– Il mio lo sai?

– Sí.

– Qual è?

– Nina.

Se ne andò – forse lieta, forse no – alle sue lezioni d'algebra.

19.

Tornai a casa scontento di me piú del solito.
Ora che mi ero reso conto di come la milanese non
solo aveva perso la vita ma anche il nome, i puntelli del mondo e la sua stessa punteggiatura mi
sembrarono particolarmente incerti. Mi sentivo
un Adamo che, proprio mentre aspira a fondare
una sua lingua immutabile, si dimentica una no-
minazione essenziale e lascia a questo modo uno
squarcio, nella tessitura verbale delle cose, che ne
causerà progressivamente la dissoluzione.

Mi aggirai per l'appartamento vuoto – i miei
fratelli erano a scuola, mio padre al lavoro, mia
madre in giro a consegnare abiti confezionati da
lei stessa per clienti agiate – spingendomi fino
all'ipotesi che, se non avevo oggettivamente colpa per la precoce conclusione della vita mortale

della bambina, ero invece colpevole di non essere nemmeno in grado di dire: si chiamava cosí e
cosí, e darle parole e farla durare.

Mi affacciai in cucina in cerca di compagnia,
sapevo di trovarci mia nonna. Stava riducendo a
pezzettini il prezzemolo maneggiando abilmente
il coltello. Le chiesi tanto per passare il tempo:

– Come si chiamava il nonno?

– Giuseppe.

– Sí, ma tu come lo chiamavi?

– Giuseppe.

– Voglio dire tra di voi, in privato: non usavi
un altro nome?

– Peppe.

– Oppure?

– Pe'.

– E di questi qual è il nome suo vero, quello
che se lo chiami ti viene subito davanti, qui, anche
se è morto da tanti anni?

Mi fissò perplessa, dovette temere che la stessi
prendendo in giro. Ma poiché mi vide serio, borbottò: nunniàsturià? Voleva dire: va' a impiegare
utilmente il tuo tempo, non sprecarlo con me, lo
studio è piú importante di questa chiacchiera sul
nome del nonno. Io invece tornai a chiederle di
nomi e nomignoli – quelli di quando scherzava-
no tra loro, di quando si abbracciavano – e lei si
mise insperatamente a ridere, una risata di pochi
denti ma simpatica. Disse che i nomi servivano
a chiamare i vivi, che i morti anche se li chiami
non rispondono, che suo marito, per quanto lei
l'avesse chiamato spessissimo, non aveva mai ri-

sposto. E sicuramente non per cattiveria. Quando era in vita, il suo sposo rispondeva sempre, se poteva, e aveva risposto anche la mattina in cui era caduto dal palazzo. Lei, prima di lasciare il letto per preparargli la gavetta, l'aveva chiamato, un soffio, Pe', e lui, seppure ancora nel sonno, subito s'era girato e l'aveva abbracciata e baciata. Baciata, sottolineò con la risata, e seguitò sempre piú divertita, una cosa rara per lei, a lodare quel chiamarsi dolce da vivi. Mi disse che se la mia fidanzata pronunciava il mio nome io non dovevo mai dire ho da fare, adesso no, meglio piú tardi, perché secondo lei dire piú tardi era sempre sbagliato, sempre, meglio mommò. E qui si ricordò all'improvviso della promessa che le avevo strappato – doveva tornare se possibile dopo morta e raccontarmi cosa c'era nell'oltretomba –, una richiesta di quando ero ancora ragazzino. Be', ci aveva pensato e non c'era bisogno di aspettare che morisse, poteva rispondermi anche subito, le era diventato tutto chiaro proprio mentre tritava il prezzemolo. A quel punto perse il controllo della risata, diventò paonazza, fece gli occhi brillanti, non si poteva frenare. Aveva capito che dopo la morte non c'era niente, non c'era Dio, non c'era la Madonna, non c'erano i santi, l'inferno, il purgatorio, niente. Mi indicò il prezzemolo sul tagliere, i frammenti orlati di un liquido verdognolo. Ecco – disse –, c'è questo. Lei sarebbe diventata cosí e non le dispiaceva, anzi si sentiva piú leggera, quello sarebbe diventata, prezzemolo tritato, prezzemolo tritato. Perciò, insistette, era meglio che chiamassi Nina, una ragazza cosí aggraziata: telefona, va', chiàmmala, chiàmmala, abbracciatevi, ahcommebbèll.

20.

Chiamai Nina e mi rischiarai un po'. Certo, dovetti prendere atto che non era piú tanto mite, la sua devozione si era attenuata, a volte si comportava come una Deianira che non smacchia piú le tuniche di Eracle, ma gliele sporca di proposito. In compenso mi sembrò che il rapporto, smessi i travestimenti iniziali per piacersi reciprocamente, stesse assumendo una sua solida positiva quotidianità. Il tempo tornò a passare tra papirologia, glottologia e schermaglie di innamorati.

Un giorno stavamo a passeggio per piazza Municipio – eravamo andati a dare uno sguardo alla Biblioteca nazionale dove né io né lei avevamo mai provato a entrare – quando sentii gridare a voce altissima: Mimí. Poiché quello era il mio nome da bambino, d'istinto mi girai, anche se da parecchio nessuno, nemmeno mia nonna, mi chiamava piú cosí. Vidi che ci tallonava una seicento bianca piuttosto malconcia, guidata da un giovane con i capelli biondi pettinati all'indietro, la fronte ampia, gli occhi blu, e un sorriso scintillante. Mimí, ripeté quel tale, sono Lello, non mi riconosci?

Lo riconobbi. O per dir meglio riconobbi il bambino che annaspava dentro la faccia larga, da marinaio norvegese, del guidatore della seicento. Era proprio Lello che, ecco, già accostava e balzava fuori dall'auto a braccia spalancate. Mi sembrò cosí emozionato che mi emozionai anch'io. Ricambiai l'abbraccio pur sentendo che le sue spalle robuste, il torace, la voce spessa, mi erano del tutto estranei e l'unica garanzia di familiarità era assicurata da quel ragazzino che gli oscillava nel volto come una fiammella, e ora si piegava fino quasi a sparire, ora riappariva.

Gli presentai Nina, ma lui era cosí fuori di sé per il piacere di quel nostro incontro occasionale che le diede poca corda. Passò invece a rovesciarmi addosso subito mille domande: come stavano i miei fratelli, i miei genitori, mia nonna.

– L'ho incontrata, – disse, – quant'è stata affettuosa, l'ho pregata di darti il mio telefono, speravo che mi telefonassi.

Mentii.

– Forse s'è dimenticata, ma guarda il caso, ci siamo comunque incontrati.

– Che fai di bello, Mimí?

– Studio.

– Cosa?

– Lettere antiche, e tu?

– Ingegneria aeronautica.

– Ah.

– Ci avrei scommesso che studiavi Lettere antiche.

– Sí, moderne no, le antiche mi hanno sempre dato piú affidamento.

– Dove sei andato ad abitare, poi?

– Alla Ferrovia.

– Noi cambiammo casa proprio un anno dopo di voi.

– E dove vi siete spostati?

– Qua vicino, a via Verdi. Volete salire da me, vi offro un caffè?

– No, grazie, – risposi anche per Nina.

Non voleva lasciarci, propose:

– Allora facciamo un giro in macchina, vi va?

– In un'altra occasione sicuramente.

– Vi sto importunando?

– Macché.

– Sí, vi sto importunando. Andate voi due soli, ti do le chiavi. Poi me la parcheggiate a via Verdi e salite da me.

– Grazie, non ho la patente.

– Non hai la patente?

– No.

– Ma è necessaria.

– Lo so, però costa. Appena ho un po' di soldi vado alla scuola guida e me la prendo.

Intervenne Nina, evidentemente stufa di essere ignorata. Disse con cordialità:

– Io studio Matematica.

– Non avrei mai detto.

– Perché?

– Cosí.

– No, spiegati.

– Quelle che studiano Matematica non si possono guardare.

– Anche quelli che studiano Ingegneria.

– È vero.

– Io comunque un giro in macchina lo farei.

– Dove?

Nina ci pensò un attimo e disse:

– Dove giocavate da piccoli.

Di quella proposta fu contento Lello e fui contento io. Lui si mise al volante, la mia fidanzata si accomodò sul sedile posteriore, io sedetti davanti perché avevo le gambe lunghe e dietro sarei stato troppo sacrificato. Salimmo al Vomero, lodai Lello per l'abilità e per la disinvoltura con cui metteva a repentaglio le nostre vite guizzando in mezzo al traffico.

– Com'era la bambina che guardavate tutt'e due da piccoli? – chiese Nina.

– Che bambina?

– La milanese, – dissi io, aspettandomi subito consenso. Ma Lello strinse gli occhi come se stesse guardando lontano, oltre il parabrezza, e non riuscisse a vederla.

– Sai che non ricordo nessuna milanese?

Gli rinfrescò la memoria Nina:

– Per lei facevate i duelli.

– I duelli me li ricordo.

– Poi lei andò in villeggiatura e morí, – lo incalzò.

– Sí, qualcosa mi sta tornando in mente.

– Che cosa? – chiesi.

– Scrivevi racconti con fantasmi orribili che mi facevano paura. E t'eri fissato che in cortile c'era una fossa piena di morti.

– Cos'è ora questa fossa? – mi chiese Nina come se le avessi nascosto un dettaglio importante.

– Niente, – risposi in imbarazzo, ma Lello le raccontò:

– Da piccolo Mimí parlava continuamente di morti, inseguimenti, uccisioni, lui è sempre stato fantasioso.

Poi aggiunse come se gli fosse venuta un'idea che avrebbe soddisfatto molte mie esigenze:

– Vuoi venire a lavorare con me al cimitero?

Finsi di meravigliarmi:

– Lavori al cimitero?

– Sí. Hanno assunto studenti universitari per fare i contratti della luce sulle tombe.

Nina esclamò:

– Mi sembra proprio un lavoro adatto a Mimí.

– Infatti, – mi incoraggiò Lello, – sai quante idee di racconti del terrore ti verranno. Oltre a racimolare un po' di soldi per la patente.

Scossi la testa:

– Grazie, sei gentile, ma faccio già troppe lezioni private.

Parcheggiammo e – Nina al centro, io alla sua destra, Lello alla sua sinistra – passeggiammo per la piazza dove lui, una decina d'anni prima, mi aveva travolto con la bicicletta. Glielo ricordai sperando che almeno quello ce lo avesse a mente.

– Meno male che non ti facesti niente, – esclamò rammaricandosi come se fosse appena accaduto.

– Niente? Mi rovinasti il piede e la caviglia fin sotto al ginocchio. Uscí un sacco di sangue.

– Veramente? Io mi ricordo solo qualche graffio.

Nina intervenne:

– Non ci far caso, ha la tendenza a esagerare.

– Il sangue zampillava, – insistetti, – e mi sciacquai alla fontanella.

La fontanella era sempre lí, un testimone senza parole, solo il gorgoglío. Lasciai Lello e Nina, andai a bere un sorso d'acqua per vedere se risentivo le parole della bambina, e le risentii sul serio, per pochi intensi secondi zeppi di gradazioni vocaliche. Ma quando tornai non dissi niente a Lello, la sua memoria corta rischiava di indebolire la mia.

Fu lui, ad ogni modo, a voler mostrare a Nina la fossa dei morti. Andammo nel cortile ma non la trovammo, colpa di lavori recenti che avevano modificato lo spazio e impoverito la nostra infanzia. Sia io che Lello ci restammo male.

– Te lo ricordi quel tonfo che si sentiva all'improvviso? – mi chiese.

– Sí.

– Doveva essere la pompa dell'acqua.

Esitai, mi venne un mezzo sorriso:

– Erano i morti.

– Meglio che stai zitto coi tuoi morti d'invenzione, – disse Nina, – lui lavora dentro un cimitero e ne sa di piú.

Ma Lello mi difese, elogiò la mia abilità narrativa, disse che i cadaveri come li raccontavo io non li raccontava nessuno, frase che, pur essendo pronunciata con serietà, divertí molto la mia fidanzata. Lasciai che familiarizzassero prendendomi un po' in giro e intanto senza darlo a vedere trascinai entrambi fin sotto il balcone della bam-

bina. Non seppi farne a meno, era pur sempre la
mia esperienza primaria della fine. Tutto mi sembrò piú angusto: fu come se cielo e edifici fossero
stati dipinti in passato sulla cupola di un ombrello
ben aperto, e adesso l'intelaiatura si fosse rotta,
l'ombrello tendesse a chiudersi sulla testa.

– Ora ce l'hai un po' piú presente la milanese?
– chiesi a Lello.

Lui rimirò la facciata sbiadita del palazzo, i
balconi.

– Un po' sí.

– Il balcone, lí, al secondo piano, te lo ricordi?

– Un po' sí.

Mostrai a Nina anche le mie finestre di una
volta, il davanzale che collegava il cesso con la
cucina, lo stesso sul quale ero passato un paio di
volte rischiando di sfracellarmi. E Lello a quel
punto si entusiasmò:

– La cosa che non potrò mai dimenticare è quando hai portato giú il bastone di tuo nonno con
dentro la spada.

Lo guardai per capire se diceva sul serio, tac-
qui qualche secondo. Mi sembrò che provasse un
grande piacere a ricordarsi quella bugia. Nina mi
chiese:

– Hai avuto un nonno con la spada nel bastone?

– Sí, – rispose per me Lello, – era un bastone
col manico d'argento e aveva dentro una spada
vera, molto affilata.

Chiesi:

– Tu, quando facemmo il duello, la vedesti la
bambina che ballava sul davanzale?

Lello ebbe un attimo di esitazione, esclamò entusiasta:

– È vero, successe proprio sul piú bello. E tu mi feristi al braccio con la spada di tuo nonno.

Fu un gran momento. Eravamo entrambi ancora ingarbugliati dentro la matassa dell'infanzia, ma in quel momento sembravamo non vergognarcene e perciò sentii per lui un'amicizia che non avevo mai sentito da bambino. Confermai punto per punto la sua versione.

– Lo potevi ammazzare, – disse Nina.

– Sí.

– Voi maschi bisogna sempre sorvegliarvi, siete pazzi.

– Sí.

Fu tutto sommato una gradevole rivisitazione, tornammo alla seicento contenti, non solo Lello e io ma anche Nina. Lei era stata bambina da tutt'altra parte di Napoli ma si sentiva ormai a suo agio dentro la nostra infanzia e, una volta all'auto, mi fece cenno di sistemarmi sul sedile posteriore, sedette accanto a Lello, partimmo.

Il nostro autista si mostrò ancora piú spericolato che all'andata. Guidava bene e, pur mettendoci a rischio di continuo, lo faceva con una tale disinvolta sicurezza che noi passeggeri ci gustavamo la corsa come se non ci potesse toccare, durante qualche azzardato sorpasso in curva, di andare a sbattere contro un autobus e morire.

A piazza Municipio, prima di lasciarci, Lello mi rinnovò la proposta di lavorare con lui al cimitero. Era impegnato la domenica e il lunedí, 8-13.

Guadagnava duemila lire al giorno come esattore
e duemila come elettricista.

– Pensaci, – disse, – segnati il mio numero.

Me lo segnai e lui si segnò sia quello di casa mia
sia quello di Nina che, contenta, mentre ci dice-
vamo che dovevamo rivederci presto tutt'e tre,
gli chiese a bruciapelo:

– Come si chiamava la bambina?

Lello fece finta di sforzarsi di ricordare – ormai era chiaro che la milanese non lo aveva impressionato quanto aveva impressionato me –, poi
scosse la testa:

– Ce l'ho qui sulla punta della lingua ma non
mi viene.

Rimontò in macchina, si dileguò.

Nina e io tornammo a passeggiare stretti stretti, c'era un vento di mare che aveva un buon
odore.

– Sei stato un bambino proprio molto allegro,
– ironizzò, – hai avuto una bella infanzia tutta
defunti e ammazzamenti.

– Guarda che ero allegrissimo, Lello non si ricorda niente. Che impressione ti ha fatto?

– Mi sembra un po' scemo.

– Scemo no, però è stato sempre senza fantasia.

– Comunque ti vuole molto bene. Non solo era
pronto a prestarci la macchina, ma ti ha persino proposto un lavoro. Dovevi dargli un poco di
soddisfazione.

– Ho da studiare e da scrivere. Mi manca solo, adesso, di andare a vendere la luce ai morti.

Dissi cosí e tagliar corto con quella frase non

fu una buona cosa. Per una frazione di secondo mi tornò una vecchia ansia, pensai: in effetti là sotto dev'essere veramente molto scuro.

21.

Le cose con Lello si misero bene. Riapparve dopo un paio di giorni e ci invitò a fare una gita a Pompei. Accettammo perché Nina non aveva mai visitato gli scavi e io – pur sapendo ormai abbastanza sui papiri di Ercolano – c'ero stato una sola volta, coi miei genitori, a undici anni.

Ci trovammo molto bene insieme, lui era cordiale, non invadente, rifiutò ogni contributo per la benzina. Cosí, in seguito, accettammo di fare altre gite, fummo scarrozzati per la costiera amalfitana e anche a Pozzuoli, dove vedemmo per la prima volta la Solfatara.

A forza di incontrarci ci affiatammo e Lello ci invitò persino un paio di volte al cimitero per mostrarci come lavorava. Non fu una cattiva esperienza. Ci presentò ai suoi colleghi, tutti studenti universitari, molto cordiali. Ciascuno aveva un suo proprio ufficio, che era un tavolo dentro una cappella, e lí riceveva i clienti, cioè i parenti dei defunti.

Lello tenne a mostrarci la sua sede, un posto tranquillo, pulito, con tanto d'altare, crocefisso, lampade votive. Si sentivano gli uccelli, il leggero stormire delle foglie, gli odori dei fiori freschi o appassiti, il gloglottío delle fontane, poi basta,

niente grida, niente claxon. Il mobile dove teneva le sue cose – un registro, svariate penne, i libri per studiare nelle pause, anche la merenda –
era un loculo vuoto, la lastra appoggiata di lato.

Avemmo l'occasione di vederlo all'opera, ed era
bravo, pieno di umana comprensione. Vendeva soprattutto pezzotti, vale a dire pezzi di legno con
due o quattro lampadine o perfino otto (ogni lampadina accesa costava cento lire al giorno), grazie
ai quali, nei festivi, i parenti dei defunti poten-
ziavano la normale lampada a forma di fiamma
eterna. Ma il suo compito era anche – non appena scopriva assorta in preghiera qualche vedova
morosa – andare a esigere le somme arretrate (la
lampada eterna costava quattrocentosessantacin-
que lire al mese). Nel ruolo di esattore Lello era
perfetto. Chiedeva innanzitutto del defunto, in-
teressandosi alle qualità che aveva avuto da vivo
e arrivando, solo dopo un po' di conversazione,
al punto dei soldi, ma come se dicesse: se proprio
non li avete, ve li anticipo di tasca mia, però se
non regolarizzate sono costretto con dolore a spe-
gnere. Assistemmo a una scena di questo tipo, a
conclusione della quale la vedova pagò gli arre-
trati mormorando addolorata: però nun me date
'o schiant 'e truvà a mariteme stutàto, frase che
mostrava bene come, se la lampada per mancato
pagamento veniva spenta – stutàta –, per il pa-
rente era come se si spegnesse – si stutàsse – il
morto stesso per la seconda volta.

Non so se sul momento quell'esperienza mi piacque. Il cimitero di Lello mi sembrò distante dall'i-

dea mia di cimitero. Lui ne aveva fatto quasi una villa di sua proprietà, ben tenuta, niente fantasmi, niente angeli con le penne nere, niente angoscia giallastra di morte. Persino il dolore dei vivi era una sorta di consuetudine del luogo. I parenti parevano ospiti, Lello sapeva dare l'impressione che le lampadine accese – grazie alle quali i defunti se ne stavano non nella tenebra maleodorante, ma in un posto lindo, ben rischiarato – fossero un suo regalo. Io invece vedevo tendenzialmente cimiteri anche, che so, alle feste da ballo, e persino se qualcuno mi diceva in amicizia: fatti vivo, qualche volta, pensavo per un attimo: in che senso farmi vivo, mi sta dicendo che sono già morto? Tuttavia, poiché non volevo far dispiacere a Nina – lei era entusiasta, scherzò col mio amico, disse che lo invidiava perché lí si poteva studiare sicuramente piú concentrati che a casa o all'università, arrivò persino a dire che quasi quasi il posto che aveva offerto a me lo avrebbe accettato lei –, poiché, sí, non volevo dispiacerle, arrivai a buttar lí una frase tipo: ma sí, bravo Lello, è un gran tirocinio, se vivi e lavori bene in un cimitero, vivi e lavori bene dappertutto. Naturalmente non seppi essere convincente come so esserlo oggi, e un po' di disagio dovette comunque emergere, perché Lello mi chiese:

– In che senso?

– Nel senso che bisogna abituarsi all'idea che viviamo in mezzo a resti mortali.

– Non capisco.

Provai a spiegarmi:

– Metà della vita la passiamo a studiare i resti mortali degli altri e l'altra metà a lasciarne di nostri.

Lello non riusciva a capire se scherzavo o facevo sul serio e, a dire la verità, nemmeno io.

– Vuoi dire che la storia, la geografia, la fisica, la chimica, i romanzi, le poesie, l'algebra, l'ingegneria aeronautica sono resti mortali?

– Sí.

Nina scoppiò a ridere, si rivolse a Lello:

– Hai capito che tipo è l'amico tuo?

22.

Di sicuro quella rinnovata amicizia mi giovò. La milanese riuscí a prendere piede definitivamente, la sua nuova vita si accomodò su fondali rinvigoriti, pieni di dettagli. Non mi azzardai a scrivere di lei, mi sembrò di non avere ancora strumenti adeguati. Ma a lezione di glottologia scoprii, una mattina, che il professore considerava un esercizio molto lodevole la trascrizione fonetica di brevi prose di qualità: un raccontino d'autore, una pagina dei *Promessi sposi*, una dei *Malavoglia*. Mi ricordo una favoletta famosa, ecco qualche rigo: «I due litiganti kom'vennero alloːra ke ssarɛbbe ritenuːto pju ffɔrte ki ffosse riuʃʃiːto a ffar si ke il viaddʒatoːre si toʎʎesse il mantɛllo di dɔsso». Quegli esercizi furono per me la prova che anche la scrittura piú fine ci guadagnava, se arricchita con i segni fonetici, e mi allenai molto, con entusiasmo. Progettai di raggiungere la perfezione e scrivere a quel modo un racconto d'avanguardia sulla bambina di Milano muovendo dalla memoria del suo ineguagliabile italiano.

Intanto, però, stava arrivando il momento di mettermi seriamente a studiare, cioè memorizzare testi ripetendone i contenuti ad alta voce, in un italiano da libro stampato. Volevo inaugurare il mio percorso universitario con l'esame di glottologia e subito dopo dare papirologia. Ma quando andai a comprare i libri e le dispense alla Libreria scientifica, scoprii che il bisbiglío e il borbottío del professore glottologo mi avevano privato di un'informazione importante: l'esame prevedeva non solo lo studio dei toponimi di Abruzzo e Molise, ma anche la compilazione con la grafia fonetica di cinquecento schede, ciascuna dedicata a una voce del dialetto napoletano.

Mi chiusi in casa, per un po' smisi di vedere Lello e persino Nina, mi rassegnai a sgobbare. Capii che dovevo raccogliere materiale linguistico proprio come usciva dai parlanti. Capii che dovevo fare in via preliminare uno straordinario sforzo di volontà e liberarmi delle mie abitudini fonatorie per trascrivere senza prevenzioni il parlato altrui. Capii che dovevo andare in giro per campi durante l'aratura, sostare nella capanna del pastore e nel tugurio della vecchia fattucchiera, infilarmi nella cascina del montanaro e nella bottega dell'artigiano, trarre insomma parole dalle bocche di chiunque – piú o meno ribelle alla disciplina intellettuale – avessi avuto l'occasione di avvicinare nei miei vagabondaggi di aspirante glottologo. Capii che dovevo controllare con molta cura se i parlanti non si fossero mai allontanati dal paesello natio, se facessero uso esclusivamente di dialetto, se avessero dentatura sana e udito normale. Capii che dovevo sturarmi bene le orecchie e percepire nei miei interlocutori ogni sfumatura delle consonanti, in particolare le scempie e le geminate, e delle vocali nei loro innumerevoli gradi di apertura e chiusura. Capii che mi toccava elaborare sottili astuzie per sciogliere la lingua a gente che per sua natura era timida, a volte ingenua, spesso diffidente, persino di rude malignità. Capii che, a tal uopo, dovevo imparare a soffocare il mio odore di libri, a nascondere carta e penna, a conquistarmi cosí la fiducia di persone che erano irragionevolmente contrarie a che etternassi i loro motti. Capii infine che, per prepararmi a quelle ricerche, dovevo mettermi alla prova innanzitutto col mio stesso dialetto, dimostrare che sapevo accostare al modo prescritto gli incolti che lo parlavano, provare che avevo acquisito grande competenza nella trascrizione fonetica del napoletano. Di qui l'obbligo, se volevo superare l'esame di glottologia, di compilare al meglio quelle cinquecento schede.

Ora non voglio esagerare, in seguito mi sono appassionato molto ai temi e ai problemi che qui ho riassunto. Ma, al primo impatto, confesso che l'esame mi sembrò un declassamento dell'università, degli studi in generale e soprattutto della grafia fonetica. Mi ero immaginato di elevarmi

verso un italiano orale e scritto ben piú fine di
quello del liceo, avevo già in mente promettenti
pensierini sul travagliato rapporto tra voce e segno. E invece, per guadagnarmi la laurea, ero costretto a tornare in basso, chiedere a informatori
massimamente incolti – cioè di una competenza
dialettale non corrotta dalla spinta all'italianizza-
zione – come si chiama in napoletano, tanto per
fare qualche esempio, il cerchio della botte, qual
è il nome del capezzolo della vacca, se c'è un verbo per il buttare pus di un foruncolo, a quali vocaboli si ricorre per dialogare con una donna di
facili costumi, esponendomi tra l'altro al rischio
che gli informatori, impegnati a guadagnarsi la
giornata malgrado l'età avanzata, rispondessero:
guagliónnummerómperocàzz.

Perché dovevo buttare il mio tempo a quel modo, frugando in un lessico che conoscevo fin dalla
nascita e che mi aveva causato non pochi guai coi
professori («Non si dice cosí, non si scrive cosí,
questo è napoletano, non sai l'italiano, fai molti
errori di ortografia»)? Solo qualche settimana prima avevo progettato di rendere immortale – questa
è la funzione della letteratura, mi aveva detto una
volta il maestro Benagosti, dopo avermi svelato
che era poeta anche lui – la graziosa figurina della milanese facendola parlare per iscritto proprio
come una volta mi aveva parlato alla fontanella.
Volevo usare la grafia fonetica per riprodurre al
meglio la sua lingua meravigliosa. E adesso tutto
si ridimensionava, dovevo importunare vecchiette
e vecchietti, interrogarli – mettiamo – sul nome

del cesto che stavano fabbricando e quando loro
mi avrebbero risposto cuófeno, ricorrere ai nuovi
segni per scrivere sulla scheda: cu:ofǝnǝ? Ah che
stupidaggine, che spreco di energie. Stavo rinun-
ciando al piacere di vedere Nina per rimbambir-
mi con quelle schede?

Ero di pessimo umore quando adocchiai mia
nonna. Se ne stava al solito ai fornelli, una Vesta
raggrinzita accanto al fuoco sacro. Dopo la nostra
ultima conversazione si era rincantucciata nel suo
ruolo di sollecita realizzatrice dei miei bisogni,
dai calzini puliti a un bicchiere d'acqua, con un
accanimento moltiplicato dal fatto che ero chiu-
so in casa a studiare e lei poteva essere a tempo
pieno mia serva muta, io lo svagato padrone. La
tirai fuori dai suoi pensieri facendola sussultare
e le dissi: c'è una bella notizia, no', l'università
ha bisogno di te.

23.

In principio credette che scherzassi e borbottò sí, come no, seguitando a rimestare in una pa-
della che sfrigolava. Ma io, appena fu possibile,
la strappai al fornello, le mostrai i libri, le feci
vedere le schede, le spiegai: se non mi aiuti, non
posso fare l'esame.

Ci volle un po' di tempo, ma quando capí che
dicevo sul serio, lei che solitamente era di un
colorito acceso impallidí, diventò un arruffo di
sentimenti contrastanti, le tremò il labbro infe-

riore, le vennero gli occhi lucidi come quando mio padre la umiliava. Era al solito pronta a fare qualsiasi cosa per me, ma le sembrò madornale che potessi aver bisogno delle sue parole napoletane per il mio esame. Balbettò frasi confuse, sospettava che qualcuno mi stesse prendendo in giro o anche peggio. Buttò lí, con risarelle nervose, che i professori avrebbero potuto usare le schede contro di me, ritenendole una specie di prova che, se avevo una nonna cosí, non meritavo la laurea. Arrivò persino a citarmi gli aspiranti carabinieri, che non potevano diventare carabinieri effettivi se i loro antenati non avevano la fedina penale linda. Insomma si agitò a tal punto che ne ebbi pena.

Provai a calmarla, cominciai a farle domande. Volevo capire in che modo si immaginava l'università per poterle dire: non è cosí. Venne fuori piano piano che se la immaginava esattamente come il rovescio di quella fossa dei morti di cui mi aveva parlato da bambino e alla quale non credeva piú.

Non era proprio il paradiso, nemmeno in quello credeva, ormai, ma comunque, stando almeno a come atteggiava il volto e gesticolava parlandone, l'università, secondo lei, si trovava in alto, quasi in cielo, e risultò inutile dirle che bastava andare per il Rettifilo, l'avrebbe trovata esattamente sulla destra venendo dalla stazione, chissà quante volte c'era passata davanti. Seguitò a levare lo sguardo, a fare un gesto verso il soffitto, l'università per lei era su su e ci si arrivava per una

specie di scala fatta con gradini come setacci, per
cui restavano alla fine solo pochi grani purissimi.
Mentre lei da piccola era stata buttata via quasi
subito, anche se faceva bene le moltiplicazioni e
le divisioni, io, graziaddio, ero risultato un gra-
no di qualità superiore e avevo il diritto a tutti
gli effetti di entrare in quel posto di persone so-
praffine, uno spazio biancoceleste dove nessuno
doveva piú lavorare, tutti parlavano in italiano,
non c'erano persone che gridavano dalla mattina
alla sera oscenità tipo vafancúlachitèmmuórt, si
studiava, si pensava e si comunicavano i pensieri, con gioia e gentilezza, a chi aveva la preoccupazione di tirare avanti la famiglia e non poteva
permettersi nemmeno di pensare.

Fu un bel ritorno all'infanzia, ma mai come in
quell'occasione mi sembrò che le parti si fossero
definitivamente invertite. Il vecchio adesso ero
io. Mi stavo approfittando della sua credulità
come se fosse bambina. Volevo metterla a fare
un gioco – tipo sbucciare i fagioli freschi o i pisel-
li – che invece era un lavoro. Puntavo a tenerla
lí in un angolo per un paio di mattinate, quando
la casa era vuota, e spingerla a dirmi i nomi di
tutti gli arnesi di cucina, i cibi, gli ingredienti,
qualsiasi cosa le venisse in mente del suo mondo
di nonna-serva che sapeva piú parole napoletane
di chiunque altro – lei grande faticatora, lei vedova già a ventiquattro anni, quando il marito
morendo l'aveva lasciata con una figlia di due
anni, uno ancora nella pancia – e trascriverle,
quelle parole, ricorrendo alla scrittura fonetica,

e avere belle e pronte in poche ore, senza noie,
le cinquecento schede. Gli altri informatori me
li sarei inventati.

24.

Parlammo, si acquietò. Le dissi che l'università
non era cosí bianca e cosí celeste, c'era polvere,
penombra e aria guasta. Però si studiava parecchio
e il mio professore di glottologia aveva mostrato
molta curiosità per chi come lei conosceva a fondo il napoletano. I professori, le spiegai, avevano
stima per chiunque conoscesse bene qualcosa, sicché non si doveva preoccupare, mi avrebbe fatto fare sicuramente una figura splendida. Certo,
non avrei avuto bisogno di lei per tutti gli esami,
per italiano sicuramente no, nemmeno per gram-
matica greca, nemmeno per latino, ma per glottologia sí, per quelle schede sí. Anzi senza di lei
sicuramente avrei perso un sacco di tempo a di-
sturbare questo e quello, meno male quindi che
avevo una nonna cosí. Eccetera.

Piano piano si convinse, cominciò a girare tutta curva per la cucina. Si guardava intorno, apriva cassetti, sfiorava gli oggetti che le capitavano
sottomano come per trarne ispirazione. Ne prese
uno, era un mestolo bucherellato, e fece un sorri-
setto di imbarazzo, si forzò a pronunciare il primo vocabolo di quel nostro lavoro. Lo pronunciò
cautamente, in modo innaturale, come se – considerato che quella parola doveva servire a me – la

pronuncia quotidiana non fosse adeguata, biso-
gnasse darle un po' di finezza. Pirciatèlla, disse,
e sillabò a modo suo il vocabolo: pi-rcia-te-lla. Lo
fece due o tre volte, soffermandosi su -cià e soprattutto su -lla, lentamente.

Mi sembrò che stesse mettendo con la voce un
belletto alla parola, per fare in modo che quando l'avessi scritta nientemeno che sulla scheda,
sembrasse degna dei signori dell'università. Poi
aggiunse, forzandosi a usare anche un po' di italiano come se, rivolgendosi a me, si rivolgesse ai
professori o alla glottologia stessa: è comm'a vo-
tapésce – vo-ta-p-sce –, che fa pércià l'uoglio della frittura dalla mestola tutta bucata, o comm'a
scolapasta – sco-la-pa-sta –, che i buchi fanno
sculà l'acqua, o comm'a pirciatèlla della mac-
chinetta do ccafè, che scende l'acqua scura ed è
ccafè – cca-fè –, o comm'e pirciatiélli – pi-rcia-
tie-lli –, 'o maccaronecobbuchíll, guaglió, pir-
ciàto, da pircià, la colatura che viene dalle cose
bucate, escrítt?

Avevo scritto, in fretta, a matita: pirciatèllə,
votapescə, uogliə, skolapastə, cafè, pirciatiéllə,
percià, perciàtə. E altre parole arrivarono subito dopo, una catena di suoni sempre meno timo-
rosi. Ne fui contento e insieme sconcertato. Mia
nonna – mi sembrò – si stava come raddrizzando.
Pareva che in lei ci fosse davvero un accumulo di
metallo sonoro e che ora quel metallo s'andasse
infuocando di frase in frase, agendo sugli occhi,
sulla mobilità del viso, sulla sua stessa struttura
ossea. Questo mi colpí positivamente, e tuttavia

mi disturbò il confuso sforzo nobilitante che lei si stava imponendo. Parla normale, le dissi subito, già quando cominciò con la pirciatella. Ma a lei, in quel momento, la normalità sembrava una diminuzione, e resistette. Mise, per esempio, le finali a tutte le parole che seguirono, cocciutamente – rattacàsa, caccavèlla, tièlla, tiàna, buttéglia, maciniéllo –, e fu quella la cosa che mi indispettí di piú. Chisto è 'o maciniéllo, diceva, e io sentivo un disagio, quasi un malessere, in principio senza ragione.

Presto però fu il mio stesso dispiacere a orientarmi. Avevo sempre detestato, del dialetto, l'assenza delle finali, quel loro perdersi in un suono indistinto. Mio padre, che so, strillava con mia madre – addò cazzǝ sí ghiutǝ accussí 'mpennacchiatǝ? –, e le parole gelose si slanciavano da lui a lei cercando di colpirla con z, con t, che annaspavano senza vocale, denti che volevano azzannare e invece mordevano ferocemente solo aria. Lo stesso valeva per i litigi di vicinato, le piazzate, i traffici subdoli che attraversavano la città e che mi avevano fatto inconsapevolmente associare il dialetto agli atteggiamenti scomposti, al disordine. Fin dalle scuole elementari non sopportavo che la mia abitudine a usarlo fosse cosí robusta da dissolvere anche le finali delle parole italiane. Per fare buona figura col maestro Benagosti, mi ero subito sforzato, che so, di dire «gesso» e non «gessǝ». Ma, primo, il maestro Benagosti non era diverso da me, anche lui smarriva le finali, e secondo, ero esposto, da piccolo ancor piú che da grande, a mille ansie, sicché, nei momenti di tensione, «quando» tendeva a diventare inevitabilmente «quandǝ», «allora» tendeva a diventare inevitabilmente «allorǝ», e la fonazione acquisita nei primi anni di vita inoculava veleno corrosivo.

Insomma, per farla breve, quel movimento di mia nonna verso l'alto io lo conoscevo bene, mi aveva umiliato e ancora un po' mi umiliava. Il napoletano, appreso e parlato dalla nascita, continuava a insidiare l'italiano che invece avevo imparato soprattutto leggendo, e sbarazzarmi della mia lingua primaria, appropriarmi di una lingua come quella dei libri, era tuttora una piccola guerra, come se mi fossi ordinato – non sapevo bene quando – di andare alla conquista di un'altura e lí sentirmi in salvo. Riconoscere quindi quello stesso sforzo in mia nonna, ora che le pareva possibile entrare all'università con la sua voce scritta, mi sembrò che immeschinisse lei e svelasse una mia meschinità. Per cui a un certo punto le dissi con maggiore fermezza, come se mi stesse guastando lo studio e il futuro esame: non c'è bisogno che scandisci, no', non c'è bisogno che italianizzi le parole, parla come hai sempre parlato.

Si imbronciò, fece gli occhi lucidi, e allora mi affannai a lodarla, stava andando bene, doveva solo essere ciò che era, restare cioè dentro il perimetro di nonna scarsamente scolarizzata. E lei piano piano si riprese, provò a sciogliere il fiocco che aveva annodato intorno alla lingua – 'nzèrtǝ, trébbetǝ, truóghǝlǝ, péttolǝ, arapabuàttǝ –, chiedeva di continuo: vachebbuonaccussí. Benissimo,

rispondevo, e piú io acconsentivo, piú lei seguitava contenta – appésə, appesesaccíə, muníglìə,
cernatúrə, scafarèa –, piú avevo l'impressione che
la vicinanza fastidiosa che avevo avvertito in principio – entrambi a disagio sia col dialetto che con
l'italiano – ora si stesse rovesciando in una lontananza altrettanto fastidiosa, come se lei avesse
cominciato a correre in una direzione – per tornare a un'area di solo miserabile dialetto – e io
in quella opposta – per tagliar corto e saltare in
un'area di solo nobile italiano. Tanto che, se fossimo ritornati dalle nostre regioni distanti e ci
fossimo incontrati nella grafia delle schede che
andavano ammucchiandosi sul tavolo, probabilmente avremmo scoperto che quella scrittura era
falsa sia per lei che per me.

25.

Ci dedicammo alle schede non una mattinata o
due, ma per un tempo indefinibile, scandito tutto
da combinazioni di suoni e segni, come se le ore
fossero fatte di buccàlə, scummarèllə, chiastuléllə,
cummuógliə, misuriéllə.

Gli effetti di quel lavoro su mia nonna che parlava e su di me che scrivevo furono molto diversi. Lei, partita piena di attenzioni per le sorti del
mio esame, di giorno in giorno fu sopraffatta da
se stessa. Finí dentro uno strepito suo della testa,
aveva chiazze paonazze in fronte e sulle guance,
il naso a papaccella le diventò lucido di sudore,

gli occhi ringiovanirono, erano tanto splendenti
che mi parvero abitati da molti altri occhi. Cominciò a darsi importanza come forse non le era
mai successo. Quando i miei fratelli tornavano
dalla scuola, mio padre dal lavoro, e si affaccia-
vano a turno in cucina per capire cosa stava succedendo, come mai non c'era profumo di sughi,
come mai non era apparecchiato per mangiare, lei
diceva contenta: stammfaticannpelluniversità, e
si dirigeva ai fornelli senza fretta, mormorando
svagata: mo cucínə. E piano piano ci stupí tutti
trascurando di spazzare, spolverare, raccogliere
panni sporchi, lavarli, stenderli ad asciugare, sti-
rarli. Arrivò persino a dire a mia madre che per
un po' avrebbe dovuto almeno cucinare, apparec-
chiare e sparecchiare al posto suo, lei era troppo
impegnata. Fu come se l'università, ponendola a
fondamento dei miei studi, le avesse di colpo at-
tribuito un valore insospettato liberandola cosí dal
ruolo di nostra serva, di serva di chiunque fosse entrato nella sua vita. Anche con mio padre,
il suo nemico giurato, diventò meno subalterna.
   – Suocera, vi siete messa in sciopero?
   – Sí.
   – E quando ripigliate a faticà?
   – Nunnossàccio.
   Fu l'unica volta che si sottrasse persino all'a-
more per me. Il fatto che fossi io a pendere dalle
sue labbra, che non dovesse piú rincorrermi col
suo affetto, la rese imprudente, persino impudente
(stattezittonumumènt, ecchecàzz, fammepenzà),
e mi si rovesciò addosso come un acquazzone che

viene giú senza badare a che uno abbia portato l'ombrello oppure no. Ribolliva e si sentí sempre piú autorizzata a sollevare 'o cummuógliǝ – il coperchio –, a prescindere dalle mie esigenze di studio, e provò un piacere sconosciuto a scummigliarsi – scrivi, guaglió, scummiglià, il contrario di cummiglià, senti che bella parola, tu pass'a vita cummigliàtǝ, coperta dalla timidezza, nascosta per la paura, e poi ecco ca ti scummuógliǝ. Per spiegarmi cosa voleva dire, faceva il gesto di chi si strappa di dosso le coperte del letto, la veste, persino il silenzio, e quel gesto pareva darle gioia.

Io in principio mi sforzai di tenerle dietro, ma presto di parole per l'esame ne ebbi fin troppe, e piú riempivo schede piú mi pareva che l'alfabeto, la grafia fonetica, perdessero terreno, lasciassero fuori gran parte del suo napoletano. Niente – pensavo – riesce davvero a fissare questa sua giostra, questo materiale sempre eccedente. E piú lei diventava incontenibile, piú io tendevo a concludere: basta, perché seguito a scrivere schede, la scrittura è un altro coperchio calcato su questa povera vecchia, finiamola. Intanto però mi incantavo, lasciavo che seguitasse a scoperchiarsi, a scummigliarsi. Cosa che le arricchiva i toni, le alzava il volume della voce, la infervorava al punto che come nei suoi occhi mi pareva ci fossero altri occhi, cosí nei suoi gesti mi pareva ci fossero altri gesti, nella sua bocca altre bocche, nelle sue parole molte, moltissime parole altrui, un vocío sregolato che nessuno strumento era in grado di registrare, figuriamoci la scrittura. Ah, quanto tempo stavo buttando via. Gli echi della bambina milanese avrei potuto con lo studio, con l'esercizio, ordinarli, dar loro una forma giusta e durevole, erano un dono prezioso per chi volesse mettersi alla prova. Ma quei suoni affollati di mia nonna non erano riducibili a nessuna bella e buona pagina, la letteratura si ritraeva, si ritraeva l'alfabeto, anche la grafia fonetica. Ci fu un momento – mi sembrò – in cui non parlava piú soltanto lei, parlava sua madre, sua nonna, la bisnonna, e dicevano parole che suonavano prebabeliche, parole della terra, delle piante, degli umori, del sangue, dei lavori, il vocabolario delle fatiche che aveva fatto, il vocabolario delle malattie gravi dei bambini e degli adulti. L'artéteca – diceva/ dicevano –, un'inquietudine insopportabile che non si sa come calmare; i riscenziéllə, un precipitare convulso, a occhi smerzati, nello svenimento; e l'ammore, il bacio, 'o vase, ah vasarsi, guaglió, nuncestanientecaèbelləcommənuvasə, tutt'abbracciati, stritt-stritt, e si nun capisce cos'è vasarsi, chesturiataffà?

Quanto si dilungò, su quel tema. Mi parlò del primo bacio che le aveva dato il marito, un giovane ventenne di grande bellezza, lei ne aveva ventidue e non si era mai fatta baciare da nessuno: un bacio che era stato cosí intenso che lui le era rimasto tutto nella bocca, e oggi lei aveva ancora quella bocca in bocca, e la voce di lui era anche la sua, parlavano insieme ogni volta che lei parlava, le parole che sentivo venivano dal fondo del fondo degli anni, fiato di lui e di lei, voce di lui e di lei.

26.

Sul bacio finimmo. Mia nonna annaspò un poco, non le vennero piú le parole, annunciò che mi
aveva detto tutto. Mentre mi ritiravo con le mie
schede nello stanzino dove in genere stavo chiu-
so a studiare, la sentii cantare con sorprendente
partecipazione, scandendo bene le finali: vento,
vento, portami via con te. Poi smise e da allora
non mi ricordo di averla sentita cantare piú.

Ripensai spesso a quella sua nostalgia dei baci.
Forse baciavo Nina troppo frettolosamente. Gli
occhi, la bocca mi ammaliavano, ma mi prende-
va subito la smania di altre parti del suo corpo.
Forse, mi dissi, se mia nonna dopo quarant'anni ricorda del marito soprattutto i baci, ai baci
ci tiene in modo particolare anche Nina, desi-
dera essere baciata di piú e piú intensamente.
Intanto però non avevo tempo per rimediare, il
giorno dell'esame si avvicinava, la sentivo poco
e ancor piú raramente la vedevo. Studiavo l'importanza del cavo orale non per gli innamorati ma per la glottologia. Memorizzavo tabelle,
distinguevo consonanti bilabiali, labiodentali,
dentali, alveodentali, retroflesse, palatoalveolari,
alveopalatali, palatali, velari, uvulari, faringee,
laringee. E se quel lessico cancellò sempre piú
la bocca di Nina, grazie ad esso mi capitò spesso di pensare alla bocca della bambina di Milano, a come sarebbe stata se avesse avuto modo
di diventare bocca di donna e alitare occlusive,

nasali, vibranti, fricative, semivocali, vocali, con
le tonalità affinate di quando mi aveva parlato
alla fontanella. Ah chissà cosa avrebbe studiato, oltre che danza: forse Lettere moderne, forse
Lettere antiche come me. Ci saremmo occupati
insieme di grafia fonetica, ci saremmo rimanda-
ti l'un l'altra nomi come il Boehmer, l'Ascoli, il
Battisti, il Merlo, Jaberg e Jud, il Forchhammer.
E intanto, chissà, mi sarebbe piaciuto baciarla
(o basciarla) e sussurrarle nella bocca parole d'a-
more mentre lei ne sussurrava nella mia, per un
tempo infinito.

Di tanto in tanto uscivo stralunato dal mio stanzino e provavo a telefonare a Nina. Quando la
trovavo avevamo conversazioni di questo tipo:

– Come va con l'algebra?
– Bene. E tu con la glottologia?
– Studio.
– Hai finito con tua nonna?
– Sí.
– Vuoi che passi da te?
– Meglio di no, sto molto indietro con i topo-
nimi dell'Abruzzo e del Molise.
– Mi ami sempre?
– Sí, e tu?
– Sí.

Una volta disse:

– Ho sentito il tuo amico, ha difficoltà con la
matematica.
– Ah.
– Gli ho detto che gli faccio qualche lezione.
– E il tuo esame di algebra?

– Tu fai tante lezioni e però studi: farò lo stesso anch'io.

– A me mi pagano.

– Anche lui mi vuole pagare.

– Quando cominci?

– Domani.

– Viene lui da te?

– No, a casa mia non c'è tranquillità, ci vediamo al cimitero.

– Gli fai lezione nella cappella, accanto al loculo dove tiene pane e salame?

– Sí. Guadagno e mi diverto.

Mi amareggiai un po', ma non glielo dissi, la sentivo nervosa, non volevo litigare. Il mio cimitero mentale la infastidiva, in quello reale invece si divertiva. Notai per la prima volta la cadenza napoletana del suo italiano. Anche lei, come me, per comodità italianizzava vocaboli dialettali (per esempio diceva, quando aveva l'impressione che la prendessi affettuosamente in giro: «Mi stai sfruculiando?») Anche lei, come me, utilizzava costruzioni sintattiche del dialetto (per esempio diceva: «Quello è lui che mi prende in giro»). Anche lei, come me, faceva fatica a esercitare un controllo sulle vocali alla fine delle parole (per esempio al telefono diceva «Pront» invece di «Pronto»). Tornai a studiare pensando che se avessi voluto scrivere con assoluta verità la nostra storia e quindi anche quei nostri dialoghi, sarebbe venuto fuori un testo storto, corroso, destinato a pochi, senza possibilità di traduzioni; il contrario di ciò che mi serviva per realizzare la profezia di Benagosti e andare con le mie opere di città in città, di paese in paese, di lingua in lingua, ammirato da milioni di lettori.

27.

Ero ormai a pochi giorni dall'esame di glottologia – subito dopo avrei dovuto mettermi a studiare papirologia –, quando la mia testa già abbastanza in disordine si disordinò ancora di piú. Ero nello stanzino, impegnato a ripetere ad alta voce toponimi dell'Abruzzo e del Molise, quando la porta si aprí e comparve mia nonna, piccola piú del solito, curva piú del solito, ma non paonazza, anzi bianchissima in viso. Si scusò perché mi stava disturbando, ma in casa non c'era nessuno a cui rivolgersi e aveva le ginocchia molli, le veniva da rigettare, davanti agli occhi le si era fatto tutto nero.

La feci sedere, le andai a prendere un bicchiere d'acqua, riprese colorito. Mi disse in un dialetto affaticato, mal pronunciato come se la lingua in bocca non le volesse obbedire, che quel malessere le era venuto proprio mentre pensava che stava per arrivare il 2 novembre, festa dei morti e quindi di suo marito. Aveva pensato: quanto tempo è passato, e le era venuto un ribrezzo.

– Ora ti senti meglio?
– Sí.

Ma non si alzò, non se ne tornò in cucina, disse che temeva di stare di nuovo male e morire prima di poter andare sulla tomba dello sposo a festeggiarlo.

– Non succederà, – la rassicurai.

– E se succede?

– Vado io al posto tuo e dico al nonno che sei giustificata.

Scoppiò a ridere, voleva darmi un bacio di gratitudine, la respinsi. Intanto non mi lasciava studiare: lei che non voleva mai niente da me, evidentemente voleva qualcosa. Ci girò intorno un poco e alla fine mi chiese se, dopo l'esame, le avrei fatto la gentilezza di accompagnarla al camposanto, s'era messa i soldi da parte per comprare un pezzotto da quattro lampadine. Opposi resistenza:

– Dopo glottologia devo fare un altro esame.

– Ah.

– Perché vuoi essere accompagnata?

– Posso cadere.

– Ci sei sempre andata da sola.

– Adesso ho paura che non ci arrivo.

– Perché.

– Stamattina è arrivata la vecchiaia.

La guardai lí nello stanzino, accasciata sulla mia sedia, e mi ricordai non solo di tutta la folla di morti vocianti che aveva dentro, ma anche della bellissima giovane donna che era stata e che probabilmente se ne stava acquattata da qualche parte del suo corpo a custodire i baci dati e ricevuti sulla bocca. Provai di nuovo pena per lei.

– Va bene, – dissi, – tu hai fatto un favore a me e io ne faccio uno a te.

– Grazie.

Ma a quel punto fui io a trattenerla. Mi stava durando nella testa l'immagine della giovane vedova di una volta, le chiesi senza preamboli:

– Dopo la morte del nonno, non hai avuto proposte di matrimonio?

Aveva ancora in faccia la sofferenza, ma l'argomento le piacque, si rianimò:

– Sí che le ho avute, tenevo la folla accussí.

E cominciò una conversazione fitta fitta che riporto senza il suo napoletano, sono stufo di mimarlo inutilmente, ricorro agli appunti che buttai giú subito dopo, molto agitato:

– Perché non ti sei voluta risposare?

– Perché non m'è mai piaciuto nessuno come m'è piaciuto mio marito.

– Però lui ormai era morto.

– Se uno è morto, non è che non ti piace piú.

– Però dopo un poco te lo scordi.

– Non mi va di scordare.

– Perché?

– Mi pare che se la corda si rompe, il mandolino non può suonare piú.

– Dentro la parola «scordare» c'è il cuore, non la corda.

– Meglio. Quando il cuore si rompe, arriva la morte. Ma io non so' ancora morta e mio marito non me lo scordo, è vivo.

Ci pensai un attimo, dissi:

– Anch'io non mi scordo.

– Chi?

Mi chiese cauta se, prima di Nina, mi ero innamorato di qualche altra che non mi usciva dal-

la testa. Le dissi che non era questione d'amore, ma di ricordi che non sparivano mai del tutto e non riuscivo a capire perché. Lei borbottò
scontenta che se pensavo a un'altra, voleva dire
che non volevo bene a Nina, povera ragazza, era
cosí bella. Mi venne in mente, allora, un pensiero che non avevo mai messo in parole, nemmeno tra me e me. Dissi che Nina era capitata
e che ciò che capita non è ciò che scegli. Le volevo bene, questo sí, ma c'erano altre cose che,
piú di lei, mi riempivano il cervello e mi smuo-
vevano i sentimenti. Gliele elencai: la lettura,
la scrittura e la morte. Ho un desiderio di vita,
no', cosí violento che la vita la sento continuamente in pericolo e la voglio trattenere in tutti i modi per non farla scivolare via e finire; è
una smania che m'è entrata qua nel petto, credo, quando è morta la bambina che giocava sul
balcone al secondo piano del palazzo celeste di
fronte al nostro. E a quel punto, per essere sicuro che avesse capito, le chiesi:
    – Te la ricordi la bambina di Milano?
    – Quale bambina di Milano?
    – Quella che giocava sul balcone del palazzo
di fronte e poi morí annegata. Possibile che non
te la ricordi?
    Mia nonna mi guardò perplessa:
    – Non era di Milano e non morí affogata.
    – Come no?
    Lei scosse la testa.
    – Era di Napoli come me e te, e morí insieme
a suo nonno, il professor Paucillo. Finirono sot-

to a una macchina mentre stavano tornando dal
mare in bicicletta.

28.

Oggi ho fatto l'abitudine a questi piccoli scon-
volgimenti e quando me ne capita qualcuno non
riesco a sorprendermi piú. La mia vita è diventata prevedibile al punto che la mattina mi sveglio
e penso: speriamo che oggi succeda qualcosa, anche di brutto, di cui possa dire che proprio non
me l'aspettavo. Sono cosí allenato, ormai, a non
meravigliarmi di nulla – ne ho viste e sentite e
lette e immaginate e vissute veramente troppe –,
che non mi stupirei nemmeno se mi dicessero:
considerato che di recente sono morti veramente
troppi vecchi in modo atroce, da oggi, per decreto
del padreterno, i vecchi non moriranno piú. Perciò, non foss'altro che per ricordare esattamente
il passato, mi piacerebbe, adesso, smontarmi la
testa, ripulirmela e rimontarmela in modo da poter esclamare, incredulo come una sessantina di
anni fa: che stai dicendo, no', la bambina di Milano era di Napoli? Aggiunsi piano:
    – Hai capito bene di chi stiamo parlando?
    – Sí.
    – E allora, se hai capito bene, non stai dicen-
do la verità.
    – Io non dico mai bugie.
    – Adesso le stai dicendo. La bambina parlava
l'italiano piú bello che ho mai sentito.

– Per forza, era figlia e nipote di professori. Anche sua nonna, guaglió, era una professoressa. Credevo che fosse una che mi voleva mettere in soggezione, e invece era proprio una brava persona. Quando la incontravo dal salumiere salutava sempre lei per prima. Due o tre volte l'ho vista pure al camposanto. Scambiavamo quattro parole, compravamo i pezzotti con le lampadine e questionavamo con quelli che vendono la luce, perché sono ladri, si pigliano i soldi e poi le lampadine o non funzionano o mo s'accendono e mo si spengono.

Di quella signora, la professoressa Paucillo, sapeva tutto: era la nonna paterna della bambina, che bei capelli aveva, com'era elegante. Andava sulla tomba del marito e su quella della nipote, le disgrazie che possono succedere dentro una famiglia sono inimmaginabili. Tutte le feste comandate passava al camposanto per un saluto; diceva proprio cosí: sono passata per un saluto. Che brava persona. Mia nonna era dispiaciuta di non averla incontrata piú, forse la professoressa Paucillo s'era stancata di salutare il marito e la nipote, forse la morte si era presa anche lei. Io sperai che si contraddicesse in qualche punto, feci domande, cercai di capire se almeno, che so, la mamma della bambina, i suoi parenti, i suoi antenati, fossero di Milano. No, mia nonna mi assicurò che tutti, proprio tutti, erano napoletani, e aggiunse: perciò sono contenta che studi e che diventi professore pure tu. Mi decisi a chiederle:

– Come si chiamava la bambina?

– Paucillo Manuela.

– Perché non me ne hai mai parlato?

– Che ti dovevo dire?

– Tutto.

– Eri piccolo e troppo dispiaciuto.

– Mi dovevi raccontare ogni cosa.

– Avevi sempre la febbre, piangevi nel sonno, non sai quanto mi sono preoccupata. I bambini non devono sapere niente della morte.

– Non è giusto.

– È giusto. Se sai della morte, non cresci piú.

29.

Negli ultimi giorni prima dell'esame studiai poco. Mi distraevo di continuo, scrissi pagine e pagine sulla bambina non piú di Milano. Cercavo di venir fuori da una delusione o almeno di capirne le ragioni. Alla fine mi sembrò di poter dire che, come la gran parte dei bambini della piazza, compreso Lello che aveva un suo italiano, avevo preso un abbaglio, mi era sembrata estranea a Napoli la figurina d'aria che, mentre l'acqua della fontanella gorgogliava, aveva esibito una commistione di lingua dei libri e napoletano straordinariamente bene articolata. Anzi forse – pensai alla fine per acquietarmi – proprio quelle amate sfumature della sua voce, che custodivo gelosamente nella memoria e che avrei voluto catturare con la grafia fonetica, erano nient'altro che residui del mio stesso dialetto nella lingua graziosa che la bambina aveva appreso in famiglia dalla nascita.

Il giorno prima dell'esame provai a telefonare a Nina per confidare innanzitutto a lei quella mia scoperta e chiederle poi di farmi compagnia mentre aspettavo di essere esaminato in glottologia. Ma non la trovai e allora provai con Lello. Lui mi rispose. Gli chiesi, tanto per cominciare, se assegnava a mia nonna un pezzotto da otto lampadine per il 2 novembre, lei ci teneva a regalare al marito luce in quantità. Lello si mostrò servizievole, anche se con una voce che non era la solita, suonava cordiale, molto amichevole, e tuttavia con un'insofferenza di fondo, come se avesse fretta di chiudere la conversazione. Ma io avevo ben altro da dirgli e seguitai:

– Hai ripensato alla bambina milanese?

– Veramente no.

– L'abbiamo sempre chiamata la milanese perché non sapevamo il nome.

– Può essere.

– Si chiamava Manuela Paucillo, che brutto nome, stava meglio senza.

– Ah.

– E non era milanese.

– Ah.

– Era napoletana.

– Ecco perché non me la ricordavo, m'avevi confuso le idee.

– Sei tu che le hai confuse a me: milanese l'hai inventato tu.

– Non è possibile, io non so inventare niente.

Gli feci una risatella di consenso e dissi:

– Però puoi guardare, spero, in qualche registro, in qualche schedario. Vorrei sapere dove si trova la tomba e commissionarti anche per lei un pezzotto da otto.

– Tu comandi e io obbedisco. Il pezzotto lo vuoi per un giorno, per due, per tre?

– Per due va bene. Un'ultima cosa e ti lascio. Ho telefonato a Nina e non la trovo. Ne sai niente?

Ci fu un attimo di silenzio.

– Sta qua.

– E che ci fa lí?

– La lezione di matematica.

– Ah.

– Ci vuoi parlare?

– Passamela.

Sentii in lontananza la voce di Nina, la sua risata. Quando venne al telefono, capii subito che il tempo della mitezza si era definitivamente consumato.

– Che ci fai lí, – chiesi.

– Prendo un caffè.

– Voi due soli?

– Io, lui e sua mamma. Tre caffè. Se vieni pure tu, ti aspettiamo e siamo quattro.

– Non posso. Ho l'esame domani.

– Allora il caffè me lo prendo senza di te.

– L'appello è alle undici, sono in ansia. Mi fai compagnia?

Silenzio.

– Sí.

30.

Arrivò il mio turno e Nina non si era ancora vista. Mi accomodai davanti agli esaminatori col cuore che sbatteva forte, il professore dalla voce bassa mi chiese se conoscevo il nome di un toponimo abruzzese – con quante b si scrive abbruzzese: da vecchio si stanno riaffacciando gli errori ortografici; la morte sarà il crollo di quel poco di inglese, francese e italiano che so, dimenticherò l'ortografia, mi sfracellerò nel dialetto di mia nonna, mi sgomenterò dissolvendomi come figura innanzitutto retorica? –, un toponimo composto da un sostantivo e da un aggettivo. Risposi prontamente: Campotosto. Subito dopo fui interrogato sul famoso triangolo delle vocali di Hellwag e, anche se mostrai qua e là qualche incertezza, me la cavai. Quando invece si passò alla scrittura laletica del Forchhammer, feci scena muta e me ne dispiacqui, ma a tutt'oggi non so cos'è. In compenso parlai a lungo delle schede e della scrittura fonetica, raccontai che avevo interrogato a fondo mia nonna, donna dal dialetto incontaminato, ex guantaia oggi soprattutto casalinga. Mentii sullo stato dei suoi denti, dissi che graziaddio, a sessantacinque anni ce li aveva quasi tutti. Fu un bel momento. Il mio esaminatore si entusiasmò per la funzione delle nonne in generale e per come io avevo saputo valorizzàre la mia in particolare, si raccomandò di farle molti complimenti per la collaborazione, e alla fine mi assegnò ventisette,

voto che mi sembrò altissimo, un inizio veramente felice. Fui contento di come avevo occultato
bene la mia ignoranza.

Uscii dall'aula stordito dal successo, cercai Nina nel Cortile del Salvatore senza sole, freddo. La
vidi subito, ma non era sola, aveva accanto Lello.
Erano a un metro di distanza l'uno dall'altra, at-
teggiati come se non si conoscessero, ma mi bastò
guardarli per capire che erano stretti in un unico
cerchio di fuoco, come se fossero al gran finale
di un numero mozzafiato del circo equestre. Li
raggiunsi a passo svelto, Lello mi chiese:

– Com'è andata?

– Ventisette.

– Bravo.

– Ci avrei scommesso, – disse Nina.

Mi sentivo cosí allegro che non riuscii a li-
berare – davanti a quel loro starsene affiancati
con la voglia di sfiorarsi al piú presto almeno col
braccio – il senso d'angoscia in attesa da qualche
parte di me. Li additai con l'indice che oscillava
ironicamente dall'uno all'altra:

– Vi siete fidanzati?

Lello assunse un'aria compunta, rispose:

– Non ancora. Volevamo dirlo prima a te.

– Lui, – precisò Nina, – voleva dirlo prima
a te. Io no. È una cosa che se succede succede.

– Ed è successo.

– Sí.

– Perché?

Lello intervenne imbarazzato:

– Non c'è una ragione.

Mi rivolsi a lui, serio per quanto mi era possibile:

– Che facciamo?

– In che senso?

– La risolviamo con un duello?

Rise Lello, risi io, Nina si innervosí:

– Perché devi sempre scherzare anche quando si parla di cose serie?

– Non sto scherzando: con un duello ammazzo solo lui, mi sfogo e non sento piú la necessità di ammazzare te.

– Il tuo problema è che sei rimasto bambino.

– Che devo fare, secondo te, per crescere?

– Non lo so.

Lello, anche se io continuavo a sentirmi di buonumore, dovette vedermi l'angoscia e decise di venirmi in aiuto cambiando discorso.

– T'ho portato le ricevute. È un prezzo di favore, t'ho fatto ottanta lire a lampadina.

Guardai la cifra, pagai.

– Grazie, – dissi.

– Grazie a te, – rispose, – di tutto: la spada di tuo nonno non sono riuscito piú a scordarla e nemmeno la fossa dei morti. Che bei racconti, bravo. T'ho trovato gli estremi del loculo di questa Manuela. Fai un raccontino del terrore anche su di lei?

Sentii che scuotevo la testa con decisione, mi resi conto che l'allegria se ne stava andando.

– Sul serio non ti ricordi la bambina?

– Onestamente no.

Nina si intromise, ora aveva una sofferenza nella voce che mi sembrò sincera:

– Vedi? Fai passare la voglia di volerti bene.

Aveva ragione, forse per farmi amare come si
faceva amare Lello, dovevo smettere di inventare racconti su tutto allo stesso modo in cui avevo
smesso di duellare con la spada di mio nonno. Ma
intanto mi venne in mente che, se davvero avessi
rinunciato a scrivere come avevo rinunciato a ri-
tenermi capace di un numero discreto di grandi
imprese, non solo avrei dato torto a Benagosti,
ma avrei dovuto accettare che non ero eccezionale sotto nessun aspetto. Dissi a Nina:

– Chistu strunz non ne sa niente della bambina
di Milano perché è una storia che non ho ancora
scritto. Ma se lo faccio se la ricorderà, e Manuela
Paucillo, malgrado il nome e il cognome, diven-
terà immortale.

Girai i tacchi e corsi al primo telefono per dire
a mia nonna com'era andato l'esame.

– Pront, – gridò lei in ansia.

Io gridai a mia volta:

– Siamo andati bene, no', abbiamo preso ventisette, che è un voto assai alto.

31.

Mantenni la promessa e accompagnai mia nonna a festeggiare il marito nel giorno dei morti.
Era buio già alle dieci del mattino, c'era un vento che pareva salato e nuvole nerissime sulla città madida di pioggia. Se si esclude quando ero
molto piccolo e lei giurava che mi aveva portato

in braccio o mano nella mano a prendere aria e
sole per Napoli, non eravamo mai usciti insieme,
quella fu l'unica volta.

L'impresa risultò tutt'altro che facile. La città
era ingorgata, gli autobus affollati avanzavano a
passo d'uomo, la strada per il cimitero era tutta
una processione di famiglie che andavano a salutare i defunti. Mia nonna mi sembrò davvero fragile, di passo lento, appesa al mio braccio nel suo
abito nero di rappresentanza, la borsa ben stretta
al seno per paura dei ladri. Ad ogni modo ce la facemmo. Arrivammo al loculo del nonno, lei mi si
staccò piano e se ne stette composta davanti alla
lastra di marmo dove c'erano tre ritratti marron-
cini e i nomi, quelli dei genitori del marito e quello di lui, lo sposo sfracellato, che aveva un'aria di
giovanotto in buona salute e che sicuramente, se
avesse potuto vedere mia nonna, si sarebbe chiesto: chestachicazzè. Il marmo bagnato luccicava
per la quantità di lampadine accese, quelle che
Lello aveva montato fissando nella scanalatura tra
lapide e cornice una striscia di ferro su cui c'era
il pezzotto di legno da otto.

– Com'è bello con tutta questa luce, – sospi-
rò mia nonna, molto soddisfatta sotto la cupola
dell'ombrello.

– Ho abbondato, – dissi, – gli ho fatto mettere
otto lampadine.

– Bravo, meglio scialacquone che pirchio.

– Vuoi dire le preghiere?

– No.

– Allora che fai?

– Parlo un poco con lui nella testa.

Feci un cenno di consenso e le chiesi se potevo lasciarla lí dieci minuti senza correre il rischio che se ne andasse in giro indisciplinatamente e non la trovassi piú. Mi domandò allarmata cosa avevo di cosí urgente da fare, le mentii, dissi che avevo intravisto un amico e volevo salutarlo. Mi diede scontenta il permesso, ma mi gridò comunque, quando ero già in fondo al viale, come se fossi bambino: nuncòrrere, stattattiént, nuntefamàle.

Rintracciai il custode, gli mostrai il foglio che mi aveva dato Lello con le indicazioni per la tomba della bambina. Lui fu preciso – prima a destra, poi a sinistra, poi sali, poi scendi –, e andai sotto la pioggia e il cielo nero fino alla cappella della famiglia Paucillo, dove il cancelletto era spalancato pur non essendoci anima – come si dice – viva. Dentro trovai un triste abbandono, foglie marce portate dal vento, scorpioni, toporagni e ragnilupo. Brillavano a festa soltanto le otto lampadine montate da Lello alla base del loculo dove era scritto: Emanuela Paucillo, 1944-1952.

Assunsi un'espressione mesta, ascoltai per un po' il rumore della pioggia e dei topi. Poi non resistetti, presi carta e penna e scrissi: ti dispiace se per il resto della mia vita continuo a chiamarti la bambina di Milano? Piegai il foglietto e lo introdussi in una delle due feritoie a forma di croce che tagliavano il marmo. Ma non appena lo feci, le otto lampadine si spensero contemporaneamente e la cappella affogò nel grigio del maltempo.

Mi spaventai, pensai che Manuela Paucillo stesse reclamando la sua vera identità e tornai in fretta da mia nonna sotto una pioggia fiacca. La trovai arrabbiatissima come lo erano altri parenti di defunti. Strillavano tutti che succedeva sempre cosí, a ogni festa di morti. Si pagava fior di quattrini per la luce, ed ecco, la luce – imbroglioni, ladri, figliezòccola, figliecàntaro – prima c'era, poi le lampadine sfrigolavano, si spegnevano, si riaccendevano, si stutavano definitivamente.

– Se è cosí, – dissi entusiasta, – andiamo a protestare.

– Sí, – acconsentí mia nonna.

Ci avviammo in cinque o sei per i viali, io e lei in testa. Per strada incontrammo altri cortei di scontenti, tutti avevano pagato per rischiarare al massimo la tenebra dei loro morti e intanto, malgrado i soldi spesi, là sotto – alcuni indicavano furibondi la terra fradicia di pioggia – era piú buio che mai.

Arrivammo alla congrega, ci affollammo all'ingresso. All'interno era tutto scuro e le cose andavano ancora piú tumultuosamente. Mentre noi ci assiepavamo combattivi al pianterreno, dai piani superiori, dove c'erano pareti di loculi senza luce, i parenti dei morti, affacciati alle ringhiere, mandavano grida acutissime, bestemmie d'una parola sola o estrosamente articolate in frasi, insulti a base di orifizi violati o da violare, schiocchi di schiaffi che tiravano a se stessi con mani fiacche quasi per prepararsi a tirarli poi, in modo ben piú robusto, agli esattori, agli elettricisti, agli esattori-elettricisti in faccia ai

quali promettevano di sbattere anche le ricevute con le cifre pagate.

Mia nonna si sentí linguisticamente a suo agio,
io un po' meno, ero istruito, avrei preferito protestare in italiano. Senza dire che ad affrontare quella
piccola folla non c'era chissà quale fitta schiera di
malfattori, ma solo Lello, con il bel viso di biondo
marinaio norvegese, e al suo fianco, forse in visita,
forse addirittura in veste di neoassunta, Nina. Prima mi preoccupai per loro, poi mi tranquillizzai. Li
guardai e mi sembrò che, insieme, fossero cosí ben
assortiti, cosí invincibili, cosí attrezzati contro le
furie del mondo, che avrebbero sistemato ogni cosa con abilità e passione di adulti, tenendo prima
in soggezione i rivoltosi, poi promettendo pronti
interventi per ridare la luce, il tutto sempre con il
loro italiano di universitari un poco screziato di
napoletano. Sentivano, in quel momento, esclusivamente la pienezza della vita, ed erano cosí felici
della loro unione che avrebbero goduto di quella
dovunque, in un posto di polizia, tra i malati e i fe-
riti in un pronto soccorso, in guerra e naturalmente di fronte a parenti incolleriti di defunti. Persino
io, nel guardarli, vedevo ai bordi delle loro figu-
rine sfolgoranti di venditori di luce, soltanto una
leggera orlatura di morte.

32.

Volli impegnarmi a cancellare anche quella, sembrava il margine scuro delle nuvole quando resi-

stono al sole che vuole attraversarle. Perciò restai loro amico, mi interessai agli esami che davano, fui contento che li superassero come se non sentissero né la fatica né la noia. Certo, non uscimmo piú tutt'e tre insieme. Però li incontrai in varie occasioni di festa, un compleanno, un matrimonio di conoscenti. E frequentammo insieme anche un corso di inglese.

Non avevo mai veramente brillato nell'uso di quella lingua, e non tanto nello scritto quanto nell'orale. Ero come uno che vuole cantare pur essendo stonato. Quando il professore ci imponeva un po' di conversazione, non mi capiva nessuno, innanzitutto il professore. Nina e Lello invece erano bravissimi. Dicevano, per esempio, con una pronuncia perfetta, che *This Side of Paradise* è il Fitzgerald's first book, the sensational story that shocked the nation and skyrocketed the author to fame. Quando li ascoltavo mi sentivo contento e finalmente riuscivo a vedere la loro vita lieve non listata a lutto. Erano belli e beati. Li ho incontrati non molto tempo fa e, anche se anziani, con ben tre figli sui cinquanta, sono ancora sfolgoranti come da giovani. Non li sfiora nemmeno – voglio credere – l'idea dell'istante in cui dovranno sollevare il coperchio della fossa dei morti. Quindi, secondo me, non lo solleveranno mai.

Quanto ai miei casi personali, è presto detto. Rinunciai all'esame di papirologia, mi causava ondate di panico, non ne potevo piú del Vesuvio, dell'eruzione, della casualità che aveva salvato la scrittura di Filodemo e altre no. Mi pentii anche di aver lasciato nel loculo quel foglietto per Emanuela Paucillo. Immaginavo lo studioso che tra un paio di migliaia d'anni avrebbe ritrovato, letto, tentato di interpretare quel breve testo, e progettavo di tornare nottetempo al camposanto, staccare la lastra di marmo, recuperare il foglietto, distruggere la vergogna che rischiava di sopravvivermi. Quando pensavo a quella tomba, la scartavo subito con fastidio e passavo a immaginarmi Emanuela all'università come tutti i suoi antenati, fanciulla bella, colta, abile col francese, l'inglese e il tedesco, fidanzata con un agiato fidanzato, eccola che attraversava la vita piú raggiante di Nina passando con sicurezza, nei suoi traffici per Napoli, da un italiano fine a un dialetto addirittura piú stretto di quello di mia nonna, come accade da sempre ai ben nati di questa terribile e meravigliosa città.

Nello stesso periodo di febbrile rieducazione, tornai a innamorarmi. Mi piacevano le voci delle ragazze e, pur essendo lontano dalla laurea – diedi in quella sessione solo l'esame di glottologia –, mi fidanzai di nuovo con l'intenzione di sposarmi presto. Intanto, incoraggiato dalla mia futura moglie, provai per l'ultima volta a buttar giú storielle, ma fiaccamente, senza convinzione. Leggevo, che so, qualcosa su Caio Giulio Cesare e abbozzavo un racconto sul suo scriba incapace di tener dietro alla voce dolce del padrone che gli dettava i *Commentarii*, tanto che, sgomento, di pagina in pagina, si trasformava a sorpresa in Vercingetorige. Leggevo *I fratelli Karamazov* e mi inventavo un giovane che, per poter avere una vita sua, doveva versare all'erario tanto oro quanto pesava il corpaccione del suo enorme padre. Leggevo qualche cosa sulla povertà diffusa per il pianeta e immaginavo un racconto su un sensibilissimo uomo molto grasso che si faceva legare a certe sbarre infuocate del soffitto e colava giú goccia a goccia dentro i recipienti sistemati di sotto dagli affamati del quartiere. Leggevo dei trapianti di rene e mettevo a punto la storia di un impiegatuccio depresso al quale cadevano letteralmente gli occhi per terra, tanto che da quella prospettiva i globi oculari guardavano come lui non era mai stato capace di guardare e soprattutto di guardarsi.

Poiché la mia fidanzata, a cui imponevo la lettura di quei testi, esclamava sempre, alla fine: che sfinimento mortale si sente nei tuoi personaggi, come sono infelici, una sera annotai: anche la lettera che pare piú viva la sento, gratta gratta, lettera morta. Il mattino dopo intimai a me stesso: via ogni residua pretesa di eccezionalità, via l'ambizione di essere un giorno o l'altro skairòckettid – ah quanto mi piaceva quel vocabolo – verso la fama già col primo libro; la letteratura non è questione di buona volontà, ridimensiónati. Ero quel che ero, uno dei tantissimi aggregati caduchi di materia vivente, bisognava smetterla con i deliri dell'infanzia. Perciò, di passaggio in passaggio, mi prescrissi una laurea senza troppo impegno, un lavoro da svolgere con onestà, un ruolo di marito fedele e padre affettuoso, una vita contenta di sé. Ciò fatto, mi accinsi a invecchiare con discreto anticipo, quasi un'arte della preassuefazione.

Ma non sarei sincero se non aggiungessi che, a darmi una mano durante quell'ultima febbre di crescenza, fu ancora una volta mia nonna, e lo fece ammalandosi e morendo. Con la sua sparizione dal mondo persi inequivocabilmente la spinta a fare grandi cose e persino quando, decenni dopo, tornai a scribacchiare, lo feci con una passione senza pretese, sapendo ormai che quel poco di veramente vivo che facciamo vivendo resta fuori dalla scrittura, i segni sono costituzionalmente insufficienti, oscillano tra commento e sgomento, meno male che è così. Mi concessi solo una piccola attenuante e ancora oggi me la concedo: il piacere della parola che sul momento pare giusta e poi no; il piacere che travolge il corpo anche se scrivi con l'acqua sulla pietra in un giorno d'estate, e chi se ne fotte del consenso, del vero, del falso, dell'obbligo di seminare zizzania o diffondere speranza, della durata, della memoria, dell'immortalità e tutto.

Il problema, casomai, è che quel piacere è fragile, stenta a risalire la china delle vere priorità. Sono decenni che mi dico: ora scrivo di Lello, di Nina, di Manuela Paucillo e soprattutto della nonna, ma poi rinuncio a favore di cose che mi sembrano di maggior spessore. Certo, c'è Marcel Proust, che ritrova la sua vera nonna mentre cerca il tempo perduto dentro *Sodoma e Gomorra*. Ma la mia già non aveva retto il confronto con la nonna di Emanuela Paucillo, figuriamoci se reggeva quello con la nonna di Proust. La poggiavo sulla pagina e dopo poche righe la riponevo svogliato.

Cosí, per decidermi a riprovare, c'è voluta di recente la certezza allucinata di averla intravista – gobba, col naso a papaccella, di bassissima statura – già tutta studiatamente scritta dentro un volume di piccole dimensioni, proprio della sua misura: è sufficiente – mi sono detto – mettere gli spazi bianchi tra le parole, andare a capo qua e là, numerare i capitoli ed è fatta. Sono quindi passato a sbozzarla giorno dopo giorno, fino a stamattina, usando come punto di partenza le due o tre carabattole povere di psicologia, di storia e di bella lingua, che lei mi ha lasciato nella memoria. Per esempio, la volta che le avevo chiesto: nonnàcommesefàammurí; o la volta che mi aveva dato una mano con l'esame di glottologia, per il quale avevo dovuto comprare, insieme ad altri testi, un libretto di meno di cento pagine, lire 1100, a firma di Aniello Gentile: si intitolava *Elementi di grafia fonetica* – poi l'ho perso – e andava studiato per scrivere i vocaboli napoletani che uscivano dalla bocca degli anziani. Io per comodità avevo scelto come consulente lei, mia nonna, Anna Di Lorenzo, che viveva da sempre in casa nostra. Ma nessuno la chiamava a quel modo, e per ricordarsi che si chiamava Anna bisognava fare uno sforzo di memoria. Il suo nome, per le numerose sorelle, era Nanní, per mia madre mammà, per mio padre suocera, per noi quattro nipoti maschi nonnà, proprio cosí, con l'accento sulla a. Nonnà era un grido esigente, un imperativo infastidito, una pretesa di obbedienza immediata. Certe volte scappava di casa per dispetto verso mio padre, ma io e i miei fratelli la riacciuffavamo subito, prima che arrivasse in fondo all'ultima rampa di scale. Ci pareva molto vecchia, se ne stava di solito chiusa nelle sue faccende domestiche, remissiva, quasi muta, sicché ci meravigliavamo, e ci allarmavamo, quando all'improvviso insorgeva e tentava la fuga.

Una volta – mi ricordo – tornai tardi, ero stato in giro tutto il giorno, e in casa trovai un po' di disordine, molta agitazione: il pianto di mia madre, acqua sul pavimento della cucina, una sedia rovesciata, le pantofole stravecchie di mia nonna abbandonate – lei che era ordinatissima –, una in corridoio, l'altra sulla soglia della stanza dove dormiva coi miei fratelli piccoli. È stata toccata nel cervello, disse una vicina di casa che era accorsa servizievole. Il tocco le aveva fatto uscire un po' di sangue dal naso, ora aveva la bocca tirata da un lato e non diceva piú niente. Smise di faticare, restò tutt'arrugnata su una seggiola accanto alla finestra della cucina per settimane. Mi guardava col solito affetto a occhi sbarrati e, quando ciondolavo per casa, cercava di parlarmi ma non si capiva niente.

Passarono i mesi, una mattina non si alzò dal letto. Mio padre gridò che occorreva l'ossigeno – una bombola –, però non si trovava. Non disse: andate e trovate l'ossigeno, se no vostra nonna muore. Non mise nemmeno mano al portafoglio, visto che noi figli soldi ne avevamo pochi e forse, se l'ossigeno l'avessimo trovato in qualche farmacia, avremmo scoperto che non bastavano. Parlò o a se stesso, con angoscia, con dolore, o al soffitto, al paradiso, ai santi; certamente non a me e a mio fratello. Però noi imboccammo ugualmente la porta, ci precipitammo per le scale e corremmo per piazza Garibaldi, per Forcella, non tanto, credo, col fine di salvare nostra nonna dalla morte, ma per sfuggire al fatto insopportabile che stava morendo.

Infatti, quando tornammo senza ossigeno, era morta. Oggi penso a quanti parenti stretti e alla lontana, a quanti amici e conoscenti, sono morti in tutti questi decenni. Ne faccio un elenco puntiglioso, a partire dalla bambina e da mia nonna, e mi meraviglio io stesso che siano cosí numerosi, sembrano incongruamente piú dei morti di peste dell'anno scorso e di quest'anno. La prima persona che ho visto senza vita è stata lei. Aveva un viso bianchissimo che pareva appeso alle ossa del naso e disteso sopra gli zigomi come un fazzoletto. La baciai sulla fronte e scoprii che la sua temperatura era quella di un vaso da fiori, di una zuccheriera, di una penna, della macchina da cucire, in una giornata d'inverno. Avvertii in petto un dolore violentissimo, mi pentii subito di quel bacio. Con lei morí definitivamente anche la bambina di Milano.

Stampato per conto della Casa editrice Einaudi
presso ELCOGRAF S.p.A. - Stabilimento di Cles (Tn)
nel mese di ottobre 2021

C.L. 25212